전쟁터로 가는 간호사

전쟁터로 가는 간호사

시라카와 유코 지음 · 전경아 옮김

"우리는 세상의 슬픔에서
눈을 돌려서는 안 된다."

끌레마 Clema

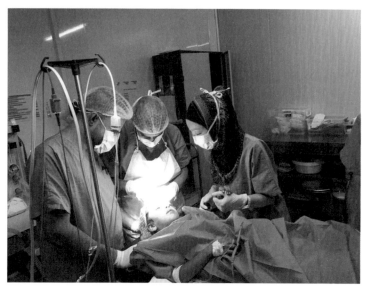

전쟁에 휘말려 이마를 다친 소년을 처치하는 모습_1장 (이라크 동모술, 2017)

(사진 속 손 글씨) 2003.7.7. 세계로 발돋움하는 간호사로. 기념해야 할 첫걸음.
나리타공항에서._2장 (호주로 유학을 떠나면서)

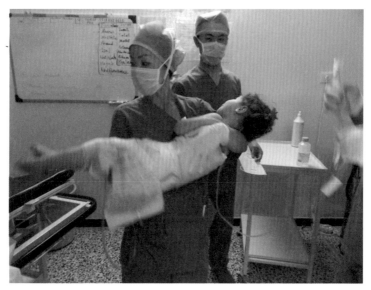

국경을 넘지 못하고 목숨을 잃은 소녀_4장(시리아, 2012)

공중폭격으로 다리에 중상을 입고 우울해하던 17세 소녀 환자가 겨우 마음을 연 순간_4
장(시리아, 2013)

내전이 발발하자 이를 피하기 위해 유엔 부지 안에 국경없는 의사회가 거처할 텐트를 세웠다. _5장 (남수단, 2014)

부상자가 넘쳐 일시적으로 건물 바깥에서 구호조치를 했다._5장(남수단, 2014)

예멘 산악지대에서 의료 활동 중에 전쟁 피난민들이 차를 대접해주었다._6장(예멘, 2015)

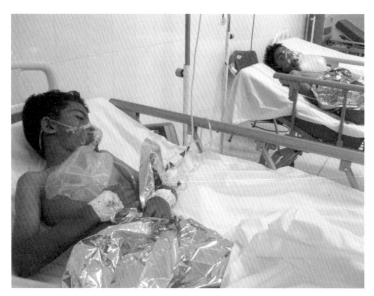

시한폭탄이 터져 부상을 입고 다리를 절단한 아이들_8장(예멘, 2012)

전쟁 중에 마을 어른들이 학교를 마련했는데, 이 아이들은 나를 만나기 위해 학교를 빠졌다고 한다._8장(예멘, 2015)

몇 년 전 아프리카 라이베리아에서 소아 환자들을 돌보고 있을 때
의 일입니다. 하루는 늦은 저녁, 동료들과 테라스에 앉아 있는데 갑
자기 정전이 되었습니다. 순간, 머리 위 눈이 닿는 모든 곳에 쏟아질
듯 수많은 별들이 드러났고, 우리는 아름다운 별빛에 매료되어 한동
안 눈을 떼지 못하고 밤하늘을 바라보았습니다.

그것은 '한국에서 보는 밤하늘'과 같았습니다. 날씨와 환경이 다
른 탓에 보이는 별의 수는 차이가 있겠지만, 분명히 같은 우주였습
니다. 지구 반대편에 있는 아프리카도 한국과 같은 시대, 같은 세상
에 존재하며 같은 우주를 공유하고 있다는 사실이 새삼스럽게 다시
떠올랐습니다.

하지만 라이베리아를 비롯한 제3국에서 일어나는 일들은 한국과
는 무척 다릅니다. 현재 그곳 사람들이 겪고 있는 전쟁, 재난, 전염
병, 굶주림, 여성 학대 등 비극의 한복판에서 벌어지는 일들은 상상
하기조차 힘든 수준이라서 직접 보고 들은 저조차 믿기지 않습니다.

살기 위해 언제 총알이 날아올지 모르는 지뢰밭을 건너는 일가족.
폭격으로 팔과 다리, 배 속의 아이를 잃은 산모. 눈앞에서 자녀가 강
간당하고 살해당하는 것을 보고도 남은 가족을 위해 죽지 못하고 살
아가는 부모. 무장세력에게 발각될 위기에 놓여, 다른 가족을 살리
기 위해 갓난쟁이를 진흙 속에 잠기게 해야 했던 어머니. 펜 대신 총

을 들어야 하는 대학의 지식인들. 소년들에게 미래에 대한 희망과 고향에 대한 긍지 대신 총과 술, 마약, 그리고 살인을 강요하는 곳.

전쟁터는 사람에 대한 최소한의 존경심마저 사라지는 곳입니다. 그곳에서는 인간성이 파괴되고 감정이 메마르고 결코 일어나서는 안 되는 일들이 당연한 일상이 되어버립니다. 그리고 그 비극은 온전히 일반 시민들이 떠안습니다.

이 책은 그런 현장의 중심에서 왔습니다. 국경을 넘어, 빗발치는 폭격 속으로 들어가, 소리 없이 사라져야 했던 환자들의 외침을 구해낸 한 간호사가 우리에게 보낸 편지입니다. 멀찍이 떨어진 곳에서 상상하며 쓴 소설 같은 이야기가 아니라 전쟁터 한복판에서 환자들과 함께하며 쓴 진짜 삶과 사람들의 이야기입니다.

우리는 왜 그녀가 전하는 이야기를 들어야 할까요?

지구 반대편의 소외되고 고통받는 사람들의 이야기를 듣는다는 것은 궁극적으로 세상이 하나가 되고 서로 사랑해가는 과정이 아닐까 생각합니다. 다른 사람의 아픔을 이해하지 못한다면 우리가 속한 세상의 행복은 온전한 것이 아니라 파편적인 것일 수밖에 없습니다.

전쟁, 재난, 빈곤, 전염병, 학대와 차별 속에서 고통받으며 살아가는 많은 이들도 우리와 같은 사람들입니다. 그들도 우리처럼 삶을 사랑하고, 더 나은 미래를 꿈꾸고, 사랑하는 가족을 지키기 위해 열심히 살아가고 있습니다. 우리가 그들을 위해 할 수 있는 작은 일은 그들의 이야기를 들어주는 것, 그리고 그 속에서 서로 같은 존재임을 확인하는 것입니다.

"우리는 세상의 슬픔에서 눈을 돌려서는 안 된다"라는 저자의 외침에 귀 기울여주시기를 바랍니다.

−**박지혜** 간호사, 국경없는의사회 활동가

《전쟁터로 가는 간호사》를 일본에서 출판하고 3년이 흘렀다. 예상을 뛰어넘는 반향에 기쁘기 한량없지만, 이번 한국어판 출판은 더욱 특별한 느낌이다.

국경없는의사회(MSF)에 소속된 해외파견 직원으로 수많은 나라와 지역에서 활동해오면서 정치와 인종 간의 다툼, 인권침해 등을 숱하게 지켜봤다. 동시에 내 나라 일본과 그 인접국의 관계가 어떤지에도 마음이 쓰였다. 특히 한일관계에 관한 뉴스를 접할 때마다 관심을 가지고 지켜봐야 하지 않을까 생각했다.

정치 차원에서는 여러 복잡한 역사로 얽혀 있는 한일 양국이지만, 요 몇 년 사이 그러한 정치 관계를 뛰어넘어, 특히 젊은이들 간에, 그리고 음악 등 문화 분야에서 활발하게 교류가 이루어지고 있다. 양국 사이에 복잡하게 꼬인 실타래를 우리들이 민간 차원에서 풀 수 있지 않을까 하는 희망이 보인다. 그리고 나도 한국 분들과 긴밀하게 교류하고 싶다고 생각하던 차에, 한국판을 출판하고 싶다는 제의가 날아들었다.

실은 훨씬 전부터, 국경없는의사회에서 활동하던 나와 한국 사이에는 약간의 인연이 있다. 이 책에도 나오지만 2014년부터 2015년 사이에 나는 국경없는의사회 일본 사무소에서 채용 담당 직원으로 일했는데, 마침 그 무렵에 국경없는의사회 한국 사무소가 설립되면서 일본 사무소가 운영지원을 맡았다. 가령 한국의 국경없는의사회 해외파견 직원 응모자가 있으면 내가 한국 측 채용 면접을 진행하는 식이었다. 몇 번인가 한국으로 건너가 직원 모집 설명회를 개최한 적도 있다. 그 후, 직원 수가 늘면서 한국 사무소는 무사히 독립했는데, 이러한 경위가 있어 한국에 특별한 감정이 있다.

국경없는의사회의 활동 원칙 중 하나가 현장에서 의료활동을 하는 것 외에 활동 현장에서 목격한 인권침해와 폭력행위 등의 부조리를 국제사회에 증언하고 해결을 호소하는 것이다. 누군가 증언하지 않으면 그러한 부조리는 세상에 알려지지 않은 채 조용히 묻히게 된다. 3년 전 이 책에 소개한 예멘과 시리아, 팔레스타인, 남수단 등 여러 나라 사람들이 처한 위기 상황은 현재까지 아무것도 해결되지 않은 채 진행 중이다. 그래서 그 실상을 세상에 전하고 싶은 마음에서 이 책을 집필했다. 이 책을 통해, 한국의 독자들이 세계 곳곳의 안타까운 실상을 조금이라도 더 알게 된다면 그보다 기쁜 일은 없을 것이다.

5월의 끝자락에, 도쿄에서
시라카와 유코

차례 ————————●

3장
병원은 전쟁터였다 —시리아 ①

4장
의료 활동으로는 전쟁을 멈출 수 없다 —시리아 ②

5장
15만 명이 난민이 된 순간 —남수단에서

6장
현장복귀와 실연 사이 —예멘에서

7장

세계에서 가장 거대한 감옥에서
—팔레스타인 & 이스라엘에서

8장

전쟁통에서 사는 아이들

머리말

2016년 10월 17일, 일본. 아침부터 뉴스와 와이드쇼 방송이 시끄럽다. '이슬람국가(IS)'에 점거된 모술을 탈환하는 작전이 시작되었다는 소식을 전하고 있다. 화면에서는 전선으로 가는 외길로 수많은 전차와 장갑차가 앞으로 나아갔다. 곧이어 포탄을 쏘는 장면으로 화면이 바뀌고 공격을 받은 장소에서 검은 연기가 피어오르는 모습이 클로즈업됐다. 이런 몇 가지 패턴의 영상이 반복적으로 나타났다 사라졌다. 현장의 상황을 설명하는 내레이터의 목소리가 긴박한 사태임을 말해주었다.

점심시간이 되어 아빠가 일터에서 돌아왔을 때도 텔레비전에서는 여전히 모술 탈환작전을 펼치는 모습이 흘러나왔다. 나는 그날, 친구와 만날 약속이 있어 점심식사 후에 아빠 차를 얻어 타고 역까지 나갈 계획이었다.

당시 나는 사이타마에 있는 고향집에서 지내고 있었다. 아빠가 식사를 마치는 걸 보고 차를 태워달라고 부탁하려는 참이었다. 국경없는의사회(MSF)에서 문자메시지가 왔다.

"이라크 모술로 긴급히 출발 바람."

나는 문자를 보자마자 화면이 채 꺼지지 않은 스마트폰을 가슴에 꽉 갖다 댔다. 바로 옆 거실에서는 식사를 마친 아빠가 차를 마시면서 폭음과 내레이션이 교차하는 전투 장면을 텔레비전으로 보고 있었다.

'아빠가 지금 텔레비전으로 보는 장소로 긴급히 와달라는 요청이 왔어요.'

이 말을 어떻게 할 수 있을까?

나는 출발하겠다고 수락 문자를 보낸 후 친구와의 약속을 취소했다. 출발하는 데 필요한 물품을 사기 위해 행선지를 바꿔 아빠에게 쇼핑몰까지 태워달라고 부탁했다. 드러그스토어와 100엔 숍에 가서 필요한 물건을 사서 내일이라도 당장 떠날 수 있게 서둘러 준비해야 했다.

평소 가족에게 파견 스케줄을 알릴 때는 말하기 편한 엄마한테 미리 말해두면 엄마가 타이밍을 봐서 아빠에게 알리는 식이다. 그런데 그날따라 엄마가 일이 있어 집에 안 계셨다. 게다가 도중에 차의 행선지를 변경했으니 그 이유도 아빠에게 설명해야 했다.

차 안에서 슬쩍 말을 꺼냈다.

"나 모술에 가……."

"뭐? 언제? 또 가?"

그렇게 반응하고도 성이 안 찼는지 아빠는 혼잣말하듯 계속 불만을 나타내셨다.

"그런 위험한 데를."

"다들 걱정하는데."

조수석에 앉아 차를 타고 가는 내내 마음이 편치 않았다. 내가 창 밖을 바라보며 못 들은 척하자 아빠도 겨우 입을 다물었다.

팽팽한 긴장감 속에서 아빠의 동요와 불안이 전해졌다. 딸을 전쟁 터에 보내고 마음 편할 부모가 어디 있으랴. 나는 부모님께 정말로 미안한 기분이 들었다.

그래도 나는 갈 수밖에 없다. 바다 저편에는 우리가 눈을 감고 귀를 막고 싶어지는 현실이 있다. 내가 국경없는의사회에 참여하기 시작한 2010년부터 지금까지 전쟁 피해로 목숨을 위협받는 사람들을 얼마나 많이 보았던가.

전쟁터에서는 병원이 파괴되어 피해자가 의료시설을 구경조차 하지 못하는 경우가 허다하다. 위험한 장소일수록 의사 한 명, 간호사 한 명, 병원 하나의 존재가 더없이 귀중하다. 부모를 잃은 아이들, 다리를 잃고 절망에 빠진 청년들, 그리고 가족을 부양할 방도를 잃은 가장인 덩치 큰 남자들이 분노를 감추고 눈물을 흘린다.

그곳에 가면 나도 위험해질지 모른다. 전쟁 상황에서는 생활환경이 형편없을뿐더러 순조롭게 치료할 수 있으리란 보장도 없다. 고통에 신음하는 사람들이 그렇게 많은데도 치료조차 자유롭게 하지 못하다니 전쟁이란 정말로 잔혹하기 짝이 없다.

사람들은 내게 말한다.

"네가 굳이 그곳에 갈 필요가 있니?"

"일본에도 구할 수 있는 생명이 있어."

그러면 그들의 생명은 누가 구한단 말인가?

그들의 슬픔과 분노에는 누가 주목한단 말인가?

의료에 국경은 없다. 나는 정말로 그렇게 생각한다. 국경없는의사회를 처음 알았던 일곱 살 때나, 실제로 활동을 시작하고 8년이 지난 지금이나 그 생각에는 변함이 없다. 나라, 국적, 인종을 초월하여 그저 한 인간으로서 그렇게 생각한다. 뉴스에는 나오지 않는 세상의 한 귀퉁이에서 치료해줄 사람을 애타게 기다리며(혹은 의료의 손길이 미치지 않아서) 눈물을 흘리는 사람들의 고통과 괴로움을 나는 도저히 그냥 지나칠 수가 없다.

국경없는의사회(Médecins Sans Frontières=MSF)는 독립성·중립성·공정성을 원칙으로 의료 및 인도적 지원 활동을 하는 민간·비영리 국제단체. 1971년에 의사와 의료 저널리스트들이 주축이 되어 설립했다.

의료 활동뿐만 아니라 증언 활동을 단체의 방침으로 내걸고, 긴급성이 높은 의료적 필요에 대응하는 것을 활동 목적으로 한다. 분쟁, 전쟁, 자연재해, 빈곤, 기아, 박해 등 여러 가지 이유로 보건의료서비스를 받을 수 없는 사람들을 대상으로 무상 치료를 실시한다.

국경없는의사회는 세계 각지에 29개의 사무소를 두고 있다. 2020년에는 4만 5천여 명의 국제 구호 활동가와 현지 직원이 아프리카·아시아·남미 등 개발도상국을 중심으로 세계 70여 개국에서 활동했다. 일본에는 1992년에 국경없는의사회 사무소가 설립되어 최근 몇 년 사이 100명이 넘는 일본인이 매년 해외로 파견 나가고 있다.

국경없는의사회는 활동자금 대부분을 민간의 기부로 조달한다. 각국 정부를 포함한 공적 기관에서 지원하는 자금에 관해서는 명확한 방침을 두고, 이를 토대로 비율의 상한을 정하고 사용처를 신중히 검토한다. 이는 활동의 투명성을 유지하고 독자적인 결정을 바탕으로 필요에 맞게 발 빠르게 대응하기 위해서이다.

1장

'이슬람국가(IS)' 점령지

—모술 & 라카에서

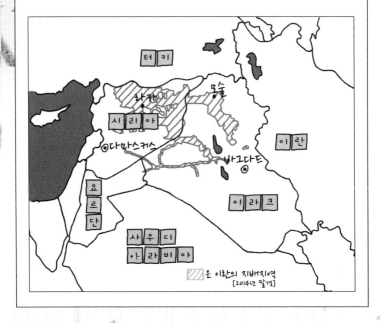

터키

라카

모술

시리아

◎다마스커스

이란

바그다드

요르단

이라크

사우디
아라비아

▨은 이란의 지배지역
[2014년 말경]

모술에서 맞은 생일

사막 안에 있는 전투차량과 병원은 모순으로 가득한 세계를 투영하며 극명한 대비를 이뤘다. 각 부대의 탈환작전은 난항을 겪는 듯했다. 이는 우리의 부상자 수용 상황에도 영향을 미쳤다. 연일 들려오는 폭발음은 이라크의 북부 도시 모술의 피해 상황을 쉽게 상상할 수 있게 해주었다. '이슬람국가(IS)'는 모술에서 탈출하는 시민들을 가로막고 '인간 방패'로 이용했다.

당시 모술에서 IS의 지배를 받던 시민의 수는, 정확히는 모르지만, 150만 명이라고도 했고 200만 명이라고도 했다. 그들의 목숨이 IS의 행동 하나하나에 좌우되었다.

2014년 7월, 아부 바크르 알바그다디(Abu Bakr al-Baghdadi)라는 최고지도자가 '칼리프'라 불리는 이슬람교 시조 무함마드의 정통 후계자를 자처하며 '이슬람국가'를 수립한다고 선언했다.

이들은 이라크 제2의 도시 모술을 전광석화처럼 장악하여 세계를

경악시키고, 곧바로 시리아와 이라크에 걸쳐 지배 영역을 확대해나
갔다. 지배하는 곳마다 시민에게 엄격한 이슬람 교리를 강요하고 따
르지 않는 시민을 붙잡아 가두었다. 적대하는 자는 참수하거나 화형
에 처하고, 기둥에 묶어 창으로 찔러 죽이거나 물에 빠트려 익사시
킨 후, 그 처형 장면을 동영상으로 찍어 인터넷에 공개했다. 이들의
잔학한 지배방식에 전 세계가 전율했다.

IS의 최대 거점인 모술의 탈환작전에는 이라크군, 쿠르드 자치정
부의 치안부대인 페슈메르가(Peshmerga. '죽음에 맞서는 자들'이라는
뜻의 쿠르드 민병대_역주), 미군 주도의 유지연합, 그 외 몇몇 민병 조
직이 참가했고 9개월에 걸쳐 작전을 수행했다.

내가 국경없는의사회 소속으로 모술 주민을 지원하기 위해 그 지
역에 부임한 것은 2016년 10월 17일 모술 탈환작전이 개시된 직후
였다. 아빠와는 여전히 껄끄러운 상태였으나 일본을 떠나 현지에 도
착하니 거기에 마음을 쓸 시간이 없었다.

내가 속한 국경없는의사회는 모술 북쪽에 위치한 광대한 사막에
텐트 병원을 세우고 모술에서 부상자를 받을 준비를 했다. 그곳은
쿠르드인 자치정부 안에 있었다. 쿠르드인은 나라가 없는 민족으로
는 가장 규모가 큰 민족으로 알려졌는데, 그들이 사는 이라크 북부
의 세 주는 이라크 헌법에서 일정 부분 자치가 인정되었다.

국경없는의사회는 그 외에도 몇 개의 팀을 더 조직하여 모술의
동쪽과 남쪽의 각기 다른 장소에서 일제히 같은 준비를 개시했다.

텐트 병원이란 공기를 주입하여 세우는 텐트식 가설 병원을 말한

다. 분쟁지역과 자연재해 현장에서 필요한 의료를 빠르게 제공하기 위해 국경없는의사회가 독자적으로 개발한 텐트다. 공기를 주입하면 팽팽하게 부풀어 올라 반달 모양의 가로로 긴 건물이 되는데, 텐트 하나에 열여섯 개에서 스무 개의 병상을 설치할 수 있다.

이때는 텐트 몇 개를 합쳐서 수술실과 응급실을 설치하고 전쟁에서 피해를 입은 환자를 수용할 준비를 했다.

텐트 병원 바로 앞에는 모술 전선으로 이어지는 사막길이 곧게 뻗어 있었다. 그 길을 매일 전투차량이 오갔고 상공에서는 전투기가 연일 쉴 새 없이 모술로 향했다.

이라크군과 이슬람교 시아파 민병대는 모술의 남측에서 공격해 들어갔고, 페슈메르가와 이슬람교 수니파 민병대는 동쪽과 북쪽에서 진군했다. 미군 주도의 유지연합군은 상공에서 이들을 지원했다. 모술 북쪽에 머물던 나는 매일 지상에서는 쿠르드인 부대를, 머리 위로는 미군기가 오가는 모습을 보았다.

사막에 세워진 병원 주변에는 민가도, 상점도, 숲도 없고 보이는 것이라곤 어디나 똑같은 사막 풍경이었다. 텐트 병원 앞에 뻗어 있는 메인 도로는 일반 차량의 진입이 제한되어 전선까지 전투차량만이 끝없이 줄지어 서 있었다. 이제부터 사람들의 목숨을 빼앗으러 갈 차량이었다. 생각만 해도 끔찍했다.

각 방면에서 공격하는 부대 중, 제일 먼저 모술에 돌입하는 부대는 어느 부대일까? 대체 어디에서 시민들이 쏟아져 나올까? 의료팀으로서 한시라도 빨리 피해자를 구출하고 치료하려면 신속하고 정확하게 전황을 쫓아가지 않으면 안 되었다.

10월 하순, 모술의 동측에 거점을 마련한 국경없는의사회 팀에서 첫 소식이 날아들었다. 시민들이 탈출했다는 소식이었다.

또 남측에 있는 팀에서도 정보가 들어왔다. 부상자가 실려 오기 시작해서 외과치료를 개시했다고 한다.

우리가 있는 북측에는 아직 시민이 오지 않았다. 그래서 현지에서 고용한 직원들을 모아놓고 트레이닝을 실시했다. 만에 하나 일어날 지도 모를 화학병기 공격에 적절히 대응하기 위해 모의 훈련도 매일 반복했다.

어느 날, 한층 격렬한 공중폭격이 이어졌다. 저공비행으로 머리 위를 지나가는 헬리콥터와 전투기 소음에 귀를 막았는데도 그날은 종일 메스껍고 속이 울렁거려서 괴로웠다. 겨우 고된 하루를 마치고 숙소로 돌아와서 스마트폰을 들여다보았다. 몇 개의 메시지가 와 있었다.

그러고 보니 그날은 내 생일이었다.

작년은 예멘에서 생일을 보냈는데 그날 이후로 벌써 1년이 지난 건가. 그때는 의료팀 리더인 스테파니의 재량으로, 동료들이 기타와 전자피아노까지 연주하며 축하해주었다. 파견 중에는 제대로 된 선물을 살 여유가 없다. 그래서 당시 팀원들이 내게 준 선물은 화장실 휴지였다.

그 선물을 보며 다들 배를 잡고 웃었다. 파견 중에는 모두 바쁘기 때문에 팀이 신경 쓰지 않게 각자 자기 생일을 숨기는 것이 암묵적인 규칙이었다. 하지만 예멘에서 깜짝 축하를 받았을 때는 진심으로 기뻤다. 지금도 그날 동료가 찍어준 동영상은 그 무엇과도 바꿀 수 없는 귀중한 보물이다.

'이것이 전쟁'

모술에서 생일을 맞고 일주일 후, 나는 초조함에 사로잡혔다.

인근에서 부상자가 속출하는 걸 뻔히 아는데도 우리가 거점을 마련한 북부에는 환자들이 코빼기도 보이지 않았다. 우리의 거점이 쿠르드 자치정부 안에 있었기 때문이다. 자세한 설명은 못 하지만, 아랍인이 이쪽에 들어오려면 복잡한 수속을 밟아야 했다.

국경없는의사회는 쿠르드 당국과 인도적 조치를 위한 교섭을 거듭했으나 인종 갈등과 정치적 알력으로 인해 환자가 의료시설에 접근하는 것이 번번이 가로막혔다. 부상당한 시민들이 적절한 치료를 받지 못해 고통을 겪고 있을 게 뻔했다.

팀 내에서 회의를 거듭한 끝에 전선과 더 가까운 장소에서 환자와 만날 수 있는 경로를 찾기 시작했다. 그런데 그 무렵에는 이미 내 귀국일이 임박해 있었다. 나는 모술 시민에게 도움이 되지 못했다는 죄책감에 시달리며 막 도착한 후임에게 내 업무를 인수인계했다.

스위스에서 온 60대의 베테랑인 후임은 모든 걸 감싸 안아줄 것 같은 푸근한 사람이었다. 나는 무심결에 당시 나를 사로잡고 있던 죄책감과 고민을 그녀에게 토로했다. 그녀가 한마디 툭 내뱉었다.

"이게 전쟁이라는 거야."

그리고 웃으며 내 어깨를 꽉 안아주었다. 모술을 뒤로하면서 나는 그녀가 한 말을 여러 각도에서 곱씹어 생각해보았다.

"열정과 의욕만으로는 우리가 바라는 세계를 만들 수 없어. 현실을 똑바로 받아들여"라고 말하는 것처럼 들렸고 "그딴 거, 일일이 신경 쓰면 한 발짝도 앞으로 나갈 수가 없어"라고 말하는 것처럼도 들렸다. 그녀도 수많은 전쟁터에서 나와 같은 딜레마에 빠졌던 것일까?

나는 전쟁 상황에서 의료 활동에 얼마나 많은 변수가 생기는지 뼈저리게 느끼면서 '그래, 장애물에 가로막혀도 멈추지 않고 돌파구를 찾는 게 우리 임무야. 그녀가 속해 있는 후임 팀이 그 임무를 맡아줄 거야'라고 생각을 바꿨다.

내가 모술에 다시 돌아온 것은 7개월 후인 2017년 6월이다.

3개월의 예멘 파견을 마치고 일본에서 단기로 국경없는의사회 사무소에서 일하고 있을 때였다. 긴급 요청이 들어왔다. 나는 올 것이 왔다고 생각했다.

이미 모술 일부가 해방되어 드디어 탈환작전도 최종단계에 들어갔다. IS는 자신들을 지키기 위해 시민들을 인간 방패로 이용했다.

이 때문에 앞으로 더욱 피해가 예상되어 국경없는의사회에서는 모술을 지원할 직원을 증원했다.

지난번에는 가까이 있으면서도 모술에 다가갈 방도가 없었으나 전황이 크게 달랐다. 이제 모술에서 시민이 도망칠 돌파구가 생겼을 것이다. 우리는 그런 피해자를 한시라도 빨리 찾아내야 했다.

나는 일본에서 출발하기 전에 친한 신문기자에게 "모술은 언제쯤 탈환될까?" 하고 물었다. 뉴스에서는 끊임없이 '탈환작전 대단원', '탈환 최종 단계', '모술 해방 임박'이라고 떠들어댔다.

"그건 이라크 정부가 자국민의 희생을 얼마나 최소한으로 하고 싶으냐에 따라 달라. IS를 좁은 지역으로 몰아붙인 것까지야 좋지만 인간 방패, 인질이 된 시민의 희생을 최소한으로 하고 싶으면 이제부터 시간을 들여서 해결해야 해. 다만, 그런 희생쯤 마다하지 않겠다고 나선다면 상황은 달라지겠지."

그리고 그는 이렇게도 말했다.

"그런데 지금의 이라크 정부가 정말로 국민을 걱정한다고 생각해?"

동모술에서

미군 헬리콥터 두 대가 병원 상공을 지나갔다. 티그리스강 너머, 전투가 여전히 계속되는 서모술로 향하고 있었다.

2017년 1월, 탈환작전으로 이곳 동모술이 해방되자 IS는 구도시가 있는 서모술로 달아났다. 이에 국경없는의사회는 동모술에 거점을 마련하고 서모술에서 발생한 피해에 대응하기 위해 의료 활동을 벌이고 있었다.

나는 헬리콥터에 트라우마가 있다. 남수단에서 활동하던 무렵, 헬리콥터의 풍압을 견디지 못하고 국경없는의사회의 텐트 병원이 무너져 내렸다. 지역에 사는 많은 주민들과 힘을 합쳐 겨우 세운 병원이었다. 곳곳에 흩어져 있는 피난민들도 볼 수 있게 텐트 옆에 국경없는의사회의 커다란 깃발을 높이 내걸었다.

그날은 영양실조에 걸린 갓난아기를 데리고 온 수많은 엄마들이 텐트 병원 안에서 아이들에게 우유를 먹이고 있었다. 헬리콥터가 머리 위로 통과한 것은 마침 아이들이 우유를 먹고 있을 때였다. 구하기 힘든 재료를 겨우 구해다가 모두가 합심하여 힘들게 텐트 병원을 세웠는데 헬리콥터가 저공비행을 하는 바람에 그 풍압을 견디지 못하고 쓰러졌다. 그때 흘린 눈물을 잊을 수가 없다.

지금 내가 있는 병원 건물은 콘크리트로 지어져 헬리콥터의 풍압에 무너지지 않을 것이다. 하지만 헬리콥터가 지나갈 때마다 소음과 진동으로 직원과 환자의 대화가 중단되고 잠시나마 치료가 방해되는 꼴을 보니 한숨이 나온다.

탈환작전으로 IS로부터 해방된 동모술에는 2017년 6월 21일에 도착했다. 반년 전에 머물던 모술의 북쪽과는 다른 환경이다.

이번에 국경없는의사회는 모술 시내로 들어와 병원을 마련했다. 이곳은 원래 200만 명의 시민이 살던 이라크 제2의 도시였다. 국경없는의사회의 병원은 건물이 늘어선 주요 도로를 따라 지어진 기존의 병원에 거점을 마련하고 의료 활동을 시작했다.

탈환작전을 벌인 부대는 모술의 동쪽으로 돌진하여 격렬하게 충돌한 후, 2017년 1월에 IS를 제압했다. 이라크군과 미군이 주도하는 유지연합과 IS의 전투가 얼마나 격렬했는지는 거리의 건물에 무수히 남아 있는 탄흔과 불에 타서 뒤집어진 차량이 말해주었다.

IS가 지배하던 때 모술 주민들은 공포에 떨며 3년을 보냈다. 국경없는의사회가 빌린 병원 건물에도 총탄과 포탄의 흔적이 있었으나 시민의 마음에 남은 상처는 훨씬 더 심각했다. 국경없는의사회가 고용하여 이 병원에서 일하기 시작한 이라크인 의사와 간호사들도 피해자였다.

모든 사람이 IS가 정한 엄격한 계율 아래서 겁에 질린 채 하루하루를 보냈다. 계율을 깨면 가차 없이 채찍을 맞았고 때로 처형당하기도 했다. IS는 학교까지 점령하여 아이들에게 사람을 죽이는 방법을 가르치기 시작했다. 이런 무시무시한 세계에 발을 들이지 않도록, 혹은 그러한 기억이 남지 않도록 부모들은 아이들을 3년간 집에 가둬놓았다고 한다.

우리와 함께 일한 한 20대 여자 직원은 3년 동안 딱 한 번 외출한 적이 있다고 했다. 그날 그녀는 아버지를 대신해 시장에 가야 했다고 한다. IS가 지키라고 강요하는 계율에 따라, 그녀는 그때까지 한 번도 입어본 적이 없던 아바야(Abaya)라고 하는 망토처럼 생긴 검은색 옷을 걸쳐 입고 니캅(Niqab)이라고 하는 검은 천을 얼굴에 덮어써서 전신의 피부를 가렸다. 그랬는데도 그녀는 IS에 붙잡혔다. 장갑을 끼지 않았기 때문이다. 아바야의 소맷부리에서 그녀의 손이 삐져나와 살이 노출되었던 것이다. 채찍은 맞지 않았으나 그때 느꼈던 공포가 원인이 되어 그녀는 그 후 안면마비에 걸렸다.

그 무렵 모술에서는 IS 전투원이 지나가는 시민들을 보이는 족족 붙잡아서 손가락을 잡고 냄새를 맡았다. 계율에 금지된 담배를 피우는지를 검사하기 위해서였다. 담배 냄새가 나면 누구 할 것 없이 그 자리에서 손가락이 잘렸다. 휴대전화를 소지했다 걸리면 '스파이 용의자'로 몰려 참수되었다고 한다. 티그리스강 너머 서모술에서는 여전히 IS 전투원들이 저항하고 있고 IS의 '인간 방패'가 된 시민들이 있다. 그 상공을 미군이 주도하는 유지연합 헬리콥터와 전투기가 날아다녔다.

모술 중앙을 티그리스강이 가로지르는데, 강의 좌우인 동쪽과 서쪽을 잇는 다섯 개의 다리는 모두 파괴되었다. 따라서 서쪽에서 벌어지고 있는 전투가 우리가 있는 쪽으로 번지지는 않을 것이었다. 하지만 이는 환자를 직접 수용하기 어렵다는 뜻이기도 했다.

그래서 국경없는의사회는 서쪽으로 다른 의료팀을 보냈다. 최전선에서 시민을 구해 일차로 구명 처치를 하고 나서 먼 길을 돌아 안전지대인 동쪽에 있는 병원으로 실어 나르는 시스템을 구축했다.

연지색 스카프

그날, 구급차가 도착했다. 운전석과 조수석에서 숨가쁘게 문이 열리고 두 사람이 동시에 튀어나왔다. 그들은 뒷좌석 문을 황급히 열고 환자를 이송했다. 몇 명의 환자가 실려 온 것일까?

의사와 간호사가 환자를 받으러 달려 나갔다. 첫 번째 들것에는 뼈와 가죽만 남은 앙상한 여자가 허옇게 질린 채 누워 있었다. 척 보기에도 골절된 팔은 변형된 채로 굳어 있었다. 눈은 뜰 수 있나? 말은 할 수 있나?

"군대가 와서 그 틈에 도망쳤어요."

스물여섯 살이라고 밝힌 그녀는 힘없이 대답했다.

병원은 전선에서 $4km$ 정도 떨어져 있었다. 거리가 그 정도 떨어져 있으면 폭발음이 나도 알아차리지 못할 때가 많다. 행여나 알아차려도 일하느라 바빠서 일일이 마음에 두지 않았다.

티그리스강 너머를 멀리서 바라보면 늘 검은 연기가 피어올랐다.

IS에 점령당한 도시를 해방한다며 벌이는 저 공중폭격은 대체 몇 명의 시민이 희생되어야 끝날 것인가?

내가 도착한 날이기도 한 6월 21일, 모술 구도시에 있는 역사적인 이슬람 예배소였던 누리 모스크(Grand al-Nuri Mosque)가 파괴되었다. 누리 모스크는 중세에 세워져서 이라크의 화폐에도 등장할 정도로 국민에게 사랑받던 이라크의 대표 이슬람 문화재이다. IS의 최고 지도자 아부 바크르 알바그다디는 이곳에서 2014년 7월에 칼리프 체제 이슬람국가의 수립을 선언했다.

IS는 자신의 통신사인 아마크를 통해 누리 모스크가 미군의 공중폭격을 받아 파괴되었다고 주장했다. 한편 미군은 IS 측에서 파괴했다고 발표했다. 이라크의 압바디(Haider al-Abadi) 총리는 "쫓기던 IS의 마지막 발악이며, IS가 패배를 인정한 것과 다름없다"고 발표했다.

어쨌든 이 사건으로 모술이 완전히 해방되는 날이 한발 더 다가온 느낌이었다. 우리는 앞으로 엄청난 수의 시민을 맞게 될 터였다.

IS의 지배에서 해방된 동모술은 이 무렵부터 시민들 사이에 뒤섞인 IS 잔당들의 자살폭탄테러가 빈번하게 일어나기 시작하면서 특별 경계지역이 되었다.

6월 24일, 이날은 일본으로 치면 섣달 그믐날에 해당한다. 1년에 한 번 맞는 단식월인 라마단이 끝나는 날로, 내일부터 3일간 이드알피트르(Eid al-Fitr)라고 하는 축제가 열린다.

나는 지금까지 여러 나라와 지역에서 라마단과 이드알피트르를 경험했다. 라마단 마지막 날은 시장이 사람들로 가장 붐비는 날이다. 이곳 이라크에서도 이드알피트르를 맞아 새 옷을 사거나 맛있는 음식을 만들려고 장을 보려는 사람들이 많았다. 나도 병원에서 일하는 여자 직원에게 머리에 쓸 스카프를 하나만 사달라고 부탁해두었다. 나와 같은 해외파견 직원은 팀 규정상 외출이 전혀 허락되지 않는다. 기껏해야 숙소와 병원을 오갈 뿐이었다.

"스카프는 무슨 색깔이 좋아?"

"너한테 맡길게. 나한테 잘 어울릴 만한 걸 골라줘."

나는 그녀가 무슨 색깔의 스카프를 사올지 즐거운 마음으로 기다렸다. 그런데 이런 중요한 날에도 냉혹한 테러범은 가차 없이 시민들을 습격했다. 이드알피트르를 즐기는 시민으로 북새통을 이루던 지역 시장 두 곳에서 자살폭탄테러가 발생하여 국경없는의사회가 운영하는 병원에도 열 명의 부상자가 들어왔다.

나는 스카프를 부탁했던 여자 직원이 걱정되어 거의 제정신이 아니었다. 다음 날 그녀가 출근했을 때는 안도한 나머지 온몸의 힘이 쭉 빠졌다. 그런 나를 보고 그녀가 꽉 안아주었다.

"걱정시켜서 죄송해요."

해방된 도시에서조차 시민은 안전과는 거리가 멀다. 그녀에게 받은 스카프는 중후한 느낌이 나는 아름다운 연지색 스카프였다. 그녀는 내게 다가와 머리에 보기 좋게 스카프를 씌워주더니 다시 기운을 내서 일하기 시작했다.

탈환하는 날

7월 5일. '자살폭탄테러 미수 용의자 두 명이 도주 중'이라는 소식이 우리에게 전해졌다. 서쪽에서 실려 온 환자를 받느라 정신없이 바빴지만 하던 일을 잠시 멈추는 수밖에 없었다. 자살폭탄테러는 사람들이 모이는 장소를 노리기 때문이다. 시장과 마찬가지로 병원도 사람이 모이는 장소다.

예측 불가능한 자살테러가 언제 일어날지 모른다고 생각하면 나도 모르게 온몸이 쭈뼛 선다.

그날은 병원에서 서둘러 철수하고 숙소로 돌아와 일단 샤워를 했다. 바깥 기온은 50도였다. 다행히 전기 공급량은 안정적이어서 병원이든 숙소든 냉방시설이 잘 가동되었다. 샤워하고 방으로 돌아오니 찬바람이 쌩쌩 나와서 마음이 편안해졌다. 나는 프랑스인 심리치료사와 방을 같이 쓰고 있었다. 그녀는 나보다 한 달쯤 먼저 이곳에 파견 나와 있었다. 누군가와 방을 같이 쓸 때는 배려해주는 스타일을 만날 때도 있고 그렇지 않을 때도 있다.

그녀는 후자였다. 가령 방을 함께 쓰면 기상시간과 취침시간에 불을 켜고 끄는 문제로 예민해진다. 그래서 서로 배려하고 마음이 상하지 않게 조심하지 않으면 안 된다. 그녀의 경우, 아침이 되면 멋대로 불을 켰고 밤이 되면 자기가 잘 시간에 불을 껐다.

매일 밤 내가 있든 말든 전혀 상관하지 않고 남자친구와 마음껏 통화도 했다. 그녀의 그런 행동에 나는 도리어 마음이 편해졌다. 누군가를 일일이 배려하는 것도 피곤하지만, 누군가로부터 일일이 배려받는 것도 피곤하다.

동모술이 해방되자 시민들은 IS에 빼앗긴 3년이란 시간을 필사적으로 되돌리려고 애썼다. 교사들은 학교로 돌아가고 부모는 아이들을 학교에 보냈다. 휴일도, 쉬는 날도 없이 공부를 시킨다고 한다.

매일 아침 숙소에서 병원까지 30분 정도 걸리는 길을 걷다 보면 전투 잔해를 치우는 수많은 시민 청소부와 시체들을 모아서 수거해 가는 쓰레기 수거차를 흔하게 볼 수 있었다. 파괴된 거리를 청소하고 재건하는 것은 전투 당사자가 아니라 역시나 시민이다.

평범한 시민들이 전쟁의 희생자로서 어디까지 휘둘리고 그 대가를 대신 치러야 하는 것일까? 지금까지 생각해보지 못했던 시민들의 고뇌가 선연히 보이는 듯했다.

주요 도로에 설치된 분리대에 2~3m마다 나무를 다시 심는 작업자의 모습도 자주 볼 수 있었다. 과거에는 많은 나무가 있었으리라. 매일 아침, 새로 심은 어린 나무들에 커다란 물탱크를 겹겹이 실은

트럭이 다니면서 물을 공급했다. 초록의 어린 나무들이 황폐해진 회색도시에 생명을 불어넣어 주었다.

7월 9일, 이라크의 압바디 총리가 모술 탈환을 선언했고 이것이 세계적인 뉴스가 되었다. 텔레비전에서도, 인터넷에서도 노래하고 춤추며 신나게 축제를 즐기는 사람들의 모습이 화면에 잡혔다. 그 후, 며칠에 걸쳐 이러한 영상이 줄기차게 흘러나오고 세계는 잿더미가 된 땅에서 다시 일어서려는 이라크와 시민들을 환영했다.

하지만……. 축제에서 신나게 웃고 떠드는 이들은 어디의 누구인가? 나는 고개를 갸웃할 수밖에 없었다. 어디에서 촬영한 것일까? 수도 바그다드일까?

나는 모술에 있었으나 모술에서 노래하는 사람은 없었다. 춤을 추는 사람도 없었다. 모술에서는 축제를 즐기는 소리도 들리지 않았다. 탈환을 선언하기 전에도, 탈환을 선언한 후에도, 서모술에서는 여전히 공중폭격의 진동이 전해져왔다.

티그리스강 너머로 검은 연기가 피어오르고, 피투성이가 된 환자가 실려 오고, 가족이 울부짖으며, 청소원이 전투의 잔해를 치우고, 작업자가 열심히 나무를 심고, 거리를 재건했다. 부모는 아이를 엄하게 공부시키고, 도시는 일을 구하는 어른들로 넘쳐났다. 이것이 매일 내가 본 모술의 모습이었다.

IS 전투원의 아이

7월 14일. 탈환 선언을 하고 5일이 지났다. 공중폭격은 여전히 계속되고 있었다. 일본에서는 모술에 평온이 찾아왔다고 생각했을 것이다. 탈환 선언을 기점으로 모술 관련 뉴스가 사라졌기 때문이다.

이날은 50대 여자가 실려 왔다. 안색만 봐도 그녀에게 빈혈과 영양실조가 있다는 걸 대번에 알 수 있었다. 그녀는 공중폭격으로 발 하나를 잃었다. 나는 수술을 마치고 아직 마취에서 깨어나지 않은 그녀를 바라보았다. 콧날이 곧은 고상하게 생긴 사람이었다. 그런데 지금은 야위어 뼈가죽밖에 남지 않았다. 그녀는 마취에서 깨어난 후 하염없이 울기 시작했다. 한참을 울더니 나를 보며 말했다.

"죽여주세요."

그녀는 남편과 네 아이를 잃고 자기만 살아남았다며 절망했다. 물론 그녀에게는 아무런 죄도 없다. 업무 중에는 울지 않으려고 했지만 그날은 그녀의 손을 잡고 함께 울었다.

어느 날, 병원 전체에 전에 없는 긴장감이 흘렀다. 경찰의 엄중한 호위를 받으며 한 환자가 실려 왔다. 외국인 소녀였다. 모술에서 외국인 아이라고 하면 출신이 분명했다. IS 전투원의 아이다. 진료기록 카드에 연령을 추측하여 적었다. 부모는 자살폭탄테러로 사망했고 그 소녀는 당시 곁에 있던 생존자였다.

심한 부상을 입어 치료가 시급했지만 소녀는 공포에 떨며 이불을 머리까지 꽁꽁 뒤집어쓰고 몸을 숨겼다. 이불 밖에는 그녀가 모르는 세계가 펼쳐져 있었다. 낯모르는 어른들이 알 수 없는 말을 하면서 자신을 바라보고 있었으리라.

그렇게 며칠 동안 이라크인 직원들도 소녀를 어떻게 대해야 할지 몰라 우왕좌왕하다가 결국 여자 병동에 입원시키기로 했다. 그리고 어떻게든 그녀의 공포를 덜어주려고 여자 직원들이 번갈아 보살펴주기 시작했다. 직원들은 소녀 곁에서 한시도 떨어지지 않았다. 소녀를 감시하던 남자 경찰들도 모두 쫓아냈다.

그녀가 뭘 좋아하는지 몰라서 골라서 먹을 수 있게 빵과 바나나, 주스, 홍차 등 여러 가지 음식을 펼쳐놓고 먹게 했고, 때로 먹여주기도 했다. 소녀도 처음에는 울기만 했으나 차츰 먹고 싶은 걸 말하게 되었다.

어느 날은 한 여자 직원이 수술실에 있는 나를 찾아왔다.

"그 애가 자꾸만 '파미도라'라고 하는데 대체 무슨 말이에요?"

아, 그러고 보니, 생각나는 사람이 있었다. 그 애가 태어난 나라의 말을 할 줄 아는 일본 친구였다. 나는 그 자리에서 채팅창을 열

고 그 친구에게 메시지를 보냈다. 나는 심프리(SIM free) 스마트폰을
사서 이라크에서 선불 유심을 구입해 쓰고 있었다. 스마트폰은 참
편리하다.

"파미도르란 말이 있어. 토마토라는 뜻이야. 정확한 발음은 파미
도라에 더 가깝지만."

빙고! 그 애가 토마토를 맛있게 먹었다고 여자 직원이 신이 나서
보고하러 왔다. 그 뒤로 여자 병동 직원들은 수시로 나를 찾아와서
그 애가 한 말의 의미를 물었다.

모술을 3년간이나 공포에 빠트린 IS 전투원의 아이를 병원 직원들
은 진심으로 다정하게 대해주었다. IS는 시민의 평온을 앗아갔고 엄
격한 계율을 강요하고 때로는 잔혹한 처형도 서슴지 않았다. 시민들
은 대부분 가족 혹은 친척 중 누군가를 그들의 손에 잃었다. 생활의
자유를 빼앗겼고 모두 깊은 상처를 입었다. 당연히 모술 시민에게 IS
는 증오의 대상이었을 것이다. 그런 IS의 아이를 돌보는 일에 모술
시민이 두 팔을 걷어붙이고 나섰다.

수술실의 남자 직원들도 여자 직원들 못지않게 소녀를 정성껏 보
살펴주었다. 치료를 위해 수술실에 며칠에 한 번씩 실려 오는 그 소
녀에게 스마트폰으로 애니메이션 동영상을 보여주며 공포를 잊게
도와주었다. 청소부 아저씨는 늘 그 애의 머리를 다정히 어루만져주
었다. 아이를 대하는 직원들의 일련의 행동은 사랑 그 자체였다.

감시하던 경찰들은 병실에서 쫓겨났지만 복도에 서서 망보기를
게을리하지 않았다. 그 애가 검사와 치료를 하러 이동할라치면 어느

새 곁으로 다가와서 지켰다. 그런 경찰 중 한 명이 어느 날 그 애가 차낸 이불을 다시 덮어주고 다정히 토닥여주었다. 이제 그 애도 익숙해졌는지 울지 않고 지내는 시간이 차츰 늘었다.

"유코, 오늘도 실례해요. '나오'가 무슨 말이에요?"

나는 매일 일본 친구에게 그 애가 하는 말의 의미를 물어보았다. 친구에게 왜 묻는지는 말하지 않았다. IS와 관련된 환자를 돌본다는 것은 보통 민감한 문제가 아니었다.

경찰, 미군, 인권단체, 보호단체가 복잡하게 얽힌 상황 속에서, 우리는 독립된 중립 의료단체라는 입장을 고수하지 않으면 안 되었다. 혼란을 피하기 위해서라도 그 애의 존재를 내 멋대로 외부에 밝힐 수는 없었다.

"음, 그게 뭐지. '나나'라면 엄마라는 뜻인데."

엄마. 그건지도 모른다.

그 애는 오늘 그 말만 되풀이하며 병실에서 내내 울었다고 한다. 엄마와 떨어진 지 며칠이 지났을까? 보고 싶을 것이다. 이제 이 세상에 엄마는 없다고 누군가가 설명해준다면 그 애는 어떻게 받아들일까?

다친 부위를 치료하고 국경없는의사회 병원을 떠난 그 애는 앞으로 어떻게 살아갈까? IS의 아이라는 꼬리표는 언제까지 그 애를 따라다닐까? 앞으로 어떤 인생을 살든, 언젠가 이 병원에서 받은 이라크인들의 애정과 친절을 기억할 날이 오기를 바란다.

'[IS의 수도' 라카에서

이라크의 모술이 탈환된 후, 이번에는 세계의 관심이 시리아의 라카로 모아졌다. 이라크에서 모술 함락이 임박한 2017년 6월 상순, 시리아에서는 미군의 지원을 받은 쿠르드인을 주축으로 조직된 민병대 시리아민주군이 시리아 북부의 도시 라카의 탈환작전을 개시했다. IS는 일방적으로 라카를 '이슬람국가'의 수도로 공표했고 그 후 3년이 넘게 라카 시민들을 지배하고 있었다.

나는 동모술 파견을 마치고 잠시 시간을 내어 일본으로 돌아왔다. 한 차례 파견을 마치고 나면 심신을 회복하려고 얼마간은 일본에서 푹 쉬곤 했다. 하지만 이번에는 급하게 와달라는 요청이 연이어 와서 그렇게 할 수가 없었다. 게다가 출발하기 직전까지 일이 너무 바빠서 쉴 틈이 없었다. 부모님과 느긋하게 이야기를 나눌 수 있는 시간조차 없었다.

7월 23일에 다시 일본에서 출발, 인접국을 경유하여 28일에 최종 목적지인 라카 주의 작은 도시에 도착했다. 라카 주의 주도(州都)는 IS가 수도라고 선언한 라카 시이고, 여기서 차를 몰고 몇 시간 가면 그 격전지에 도착한다.

국경없는의사회는 여기에서 라카 시내에 잔류해 있는 주민들 중 피해자를 대상으로 외과 프로젝트를 시작했다. 그리고 나는 이곳에서 약 2개월간 일하기로 계약했다.

라카에서는 수도를 지키기 위해 3~4천 명가량의 IS 전투원이 여전히 활동하고 있었다. 미군 주도의 유지연합은 연일 맹렬한 공중폭격을 이어갔다. 시내에서는 일반 시민 5만 명이 IS의 강요 아래 꼼짝도 하지 못하고 숨죽이며 생활해야 했다.

IS 전투원에게 그들은 '인간 방패'이기도 했다. 시민들을 기다리는 운명은 둘 중 하나였다. 공중폭격을 받거나 지뢰를 밟거나. 라카 시내에 머무는 한 공중폭격이나 포격을 받을 위험이 있었다. 그 위험에서 도망치려면 IS가 곳곳에 심어놓은 지뢰밭을 지나가지 않으면 안 되었다.

나는 라카 탈출에 성공한 한 남자의 이야기를 듣고 등골이 오싹해졌다. 스물다섯 살인 그는 아내와 갓 태어난 아기가 있었다. 생후 7일 된 아기였다. 아기는 탈환작전이 시작되고 한창 공중폭격이 벌어지는 가운데 태어났다. 그는 아내와 태어난 아기를 지키기 위해 갖은 방법을 모색했다. 그리고 마침내 지뢰밭을 건너 라카를 탈출하기로 결단 내렸다.

탈출을 결행하기로 한 날 밤 9시, 소문 수준의 허접한 정보에만 의지하여 외줄을 타듯이 조심스레 출발했다. 그는 자신들이 어떻게 걸어왔는지 내 앞에서 직접 시범을 보여주었다. 한 발을 앞으로 내딛고, 다시 한쪽 발끝을 앞발의 뒤꿈치에 대는 방식이다.

그들은 개미가 걷듯이 살금살금 걸으며 밟는 지면의 면적을 최소한으로 하며 움직였다. 갓난아기가 울면 어디에 매복해 있을지 모르는 IS 저격수에게 가족 모두가 총알받이가 되는 상황이었다.

아이를 낳은 지 일주일 만에 아기 엄마는 갓난아기를 안고 남편의 뒤를 따라 걸었다. 남편이 갓난아기를 안고 있으면 안 되었다. 그가 지뢰를 밟을 경우, 혼자서 폭발을 당해야 하기 때문이다. 지뢰와 IS 저격수를 만날지도 모른다는 공포와 싸우면서 안전지대에 당도했을 때는 새벽 4시가 되었다고 한다.

나는 일본의 산부인과에서 3년간 근무한 경험이 있다. 자연분만으로는 생후 5일째에, 제왕절개로는 7일째에 엄마와 태어난 아기가 퇴원한다. 가족이나 친구로부터 축복을 받고 행복과 웃음에 싸여 퇴원하는 엄마와 아이의 모습을 나는 매일 보았다.

아이를 낳자마자 일주일 만에 갓난아기를 품에 안고 지뢰를 밟을지도 모르는 지옥의 탈출을 감행한 젊은 부부의 모습을 누가 상상이나 할 수 있을까?

내게 이 체험담을 들려준 이는 국경없는의사회에서 통역을 담당하는 직원이었다. 폐쇄된 라카 시내에는 그와 친했던 친구들이 많이 남아 있었다. IS의 지배를 받는 동안에 그들은 서로가 서로를 도왔다. 그래서 아무에게도 말하지 않고 탈출했을 때, 그는 마음이 찢어지듯 아팠다고 한다.

IS에 탈출 계획이 새어나가면 어떤 처벌이 기다리고 있을지 불을 보듯 뻔했다. 그렇다고 자신들만 살아남아도 괜찮은 것일까? 그는 그렇게 매일 자신을 탓했다.

그는 병원에서 국경없는의사회와 시민을 연결하는 통역으로 일함으로써 조금이나마 라카 시민에게 도움이 되고 싶다고 했다.

지뢰 피해자의 공통점

8월 2일 저녁 무렵, 함께 일하는 직원들과 숙소에서 저녁을 먹으려는 참에 지뢰 부상자가 실려 올 거라는 소식을 듣고 병원으로 달려갔다. 숙소에서 병원까지는 차로 10분 거리였다. 결국 그날은 부상자 치료로 저녁은 손도 대지 못했다.

라카에 들어오는 지뢰 피해자들에게는 몇 가지 특징이 있었다. 먼저, 한 번에 실려 오는 환자가 전부 일족이라는 점이다. 탈출은 가족, 친척이 다 함께 결행하기 때문이다. 그리고 실려 오는 도중에 대개 한 명이 사망한다. 그는 선두를 걷던 일가의 가장이다. 그리고 그 바로 뒤를 따라 걷던 사람도 죽거나, 사지절단 또는 내장 손상 같은 중상을 입는다. 뒷줄로 갈수록 부상자는 줄어든다.

이날도 실려 온 세 사람 중, 한 여자가 도착하자마자 사망했다. 생존자 중 한 사람은 60대 남자로 오른쪽 옆구리가 찢겨 너덜너덜해지고 간이 손상되어 사경을 헤매고 있었다.

또 한 사람, 파티마라는 이름의 스물두 살 된 여자는 전신에 폭파로 인한 부상을 당했고 오른발 정강이 아래가 으깨졌다. 나중에 두 사람은 부녀관계고 죽은 사람은 파티마의 어머니라는 사실을 알았다.

구급환자 대응에 쫓기는 직원 사이에 오가는 고성, 치료가 급하지 않아 보류된 환자들의 신음, 증상은 가벼우나 충격을 받고 울부짖는 환자의 비명, 이 모두가 뒤섞여 아우성처럼 들렸다.

의료진이 태부족한 가운데, 물품과 의약품까지 한계에 이르러 효율적으로 움직이지 않으면 안 되었다. 또 생명을 다루는 이상, 실수는 절대로 용납되지 않았다. 우리는 검사, 수혈, 수술 준비를 신중하게 해나갔다.

새로 지뢰 환자 세 사람이 실려 온다는 정보가 들어왔다. 그때는 절대적으로 일손이 부족한 상황이었다. 증상이 가벼운 환자가 오기를 비는 수밖에 없었다.

나는 예멘에 있을 때에 딱 한 번, 수술하고 있는 외과의사의 손을 멈춘 적이 있다.

"선생님, 지금 그 애의 배를 봉합할 수 있으면 봉합하세요! (구급차에 실려 온) 다른 환자가 쇼크증상을 일으켰어요!"

수술실에서, 공중폭격으로 장을 다친 아이의 배를 메스로 가르던 참에 구급차에서 복강 내 출혈이 의심되는 또 다른 환자가 쇼크 증상을 일으킨 것이다. 실제로 개복해보지 않으면 정확한 출혈 부위와 출혈량을 알 수 없지만, 상황을 보아하니 한시라도 빨리 수술해서 출혈을 막지 않으면 목숨이 위태로울 것 같았다.

우리는 곧바로 환자를 교체하고 긴급 수술을 실시했다. 그런데 총탄에 맞은 내장이 심각하게 손상되어 수혈을 했는데도 출혈량이 많아 결국 목숨을 구하지는 못했다.

활동 중일 때는 머릿속에 늘 '예기치 못한 상황'을 상정한다. 지금, 손을 멈춰도 되는 환자, 절대로 멈춰선 안 되는 환자를 판단한다. 우선순위가 높지 않아서 치료가 보류된 환자의 존재 또한 잊어서는 안 된다. 결코 치료가 필요 없다는 뜻이 아니다. 평상시라면 이들도 응급환자에 포함된다. 재빨리 치료하여 감염 위험을 낮추지 않으면 증상이 심해질 위험이 있다.

수술실에서 일하는 나는 응급실과 늘 연계하여 시시각각 변하는 전체 상황을 파악한다. 그럴 때마다 대응할 수 있는 방법 가운데 최선의 방법을 고려하고 선택하지 않으면 안 된다.

결국 그날 밤은 총 열세 명의 지뢰 피해자가 잇달아 실려 와서 밤새 한숨도 자지 못했다. 날이 밝자 숙소로 돌아가서 샤워와 아침식사를 하고 다시 병원으로 돌아왔다.

임신 중인 부상자

며칠 전 지뢰를 밟아 오른발을 절단한 스물두 살 파티마가 오늘도 소리를 질렀다. 수술이 끝난 후, 우리는 그녀의 통증을 가라앉히지 못해 애를 먹었다.

그녀는 단순히 아파서 소리를 지른 것이 아니었다. 소리를 지른 원인은 공포였다. 누군가의 손이 몸에 살짝만 닿아도 그녀는 울부짖었다. 긴급 수술을 받고 오른발을 잃었으나 목숨은 건졌다. 하지만 지금 그녀는 홀로 싸우고 있었다. 그리고 앞으로도 그렇게 홀로 싸워야 한다. 누가 그녀를 위로해줄 수 있을까?

이곳에는 그녀가 겪고 있는 마음의 고통을 보듬어줄 만한 심리치료사가 없다. 잃어버린 다리를 다시 찾아줄 의지장구사도 없다. 그 의족을 이용해서 걸을 수 있게 곁에서 도와줄 물리치료사도 없다. 어머니는 세상을 떠났고 아버지는 지금도 사경을 헤매고 있다. 그리고 이제 돌아갈 집도 없다. 그녀는 뉴스에도 나오지 않는 세상의 한 귀퉁이에서 괴로움에 몸부림쳤고, 상처를 치료하는 것 외에는 아무 것도 할 수 없는 우리는 분노라는 벽에 부딪히고 말았다.

어느 날, 공중폭격 피해로 스물다섯 살의 하디자라는 여자가 실려 왔다. 그녀는 팔과 다리를 다쳤다. 팔에 난 상처가 특히 심각했다. 정형외과 의사의 지시를 기다릴 것도 없이 수술 준비에 착수했다. 혈액 검사와 수혈 준비를 위해 각자가 일사분란하게 움직이기 시작했다.

수술실로 실려 오는 단계에서 누군가가 그녀가 임신했다고 말하자 거기에 있던 사람들이 일제히 움직임을 멈췄다. 배 속에 아이가 있는 경우, 행여나 아이의 생명에 위협이 될까 봐 산모에게 전신 마취를 하지 못한다.

마취과 의사가 고민했다. 전신마취를 피할 수 있는 방법은 있었다. 단, 그 방법을 사용하면 환자가 수술과 회복 과정을 무사히 견딜 수 있을지 알 수 없었다.

옆 병동에서 진찰하는 산부인과 의사에게 태아의 상태를 확인해 달라고 요청했다. 상황에 따라서 수술을 보류해야 할지도 모른다. 정형외과 의사는 초조해했다. 그녀의 팔은 부러진 뼈가 일부 노출된 개방성 골절이라 서둘러 수술하지 않으면 감염될 위험이 높은 상태였다.

산모와 태아, 그리고 정형외과 의사, 마취과 의사, 산부인과 의사. 누가 무엇을 우선해야 하는가, 그것이 문제였다. 산모의 배 속에는 태아가 있었다. 임신 5개월이었다. 그런데 산부인과 의사의 진찰 결과, 조그만 생명체는 이미 숨을 쉬고 있지 않았다.

결국 우리는 전신마취를 하고 그녀의 팔과 다리를 수술했다. 죽은 아기는 며칠 후 자궁수축제를 주입하여 산모의 배에서 꺼내지 않으면 안 된다.

과연 그녀는 그것을 받아들일 정신력이 있을까?

이른 아침의 방문객

꿈속에서 발포음과 비명이 얼마나 계속되었을까? 연일 이어진 긴급 수술로 심야와 새벽녘까지 환자들을 돌봐야 했다. 숙소로 돌아와 일단 침대에 누우면 다음 날 아침에 일어나기가 너무 버거웠다. 게다가 이때는 아직 동이 트기도 전인 새벽 네 시였다.

어디선가 고함이 들렸다. 소리가 점점 커지더니 쾅쾅 난폭하게 기물을 부수는 소리가 들렸다. 눈이 번쩍 떠지고 반사적으로 침대에서 일어났다.

꿈이 아니라 현실 세계에서 나는 소리였다.

뒷문이다……. 뒷문에서 무슨 일이 일어나고 있었다.

이 집은 국경없는의사회에서 직원용으로 통째로 빌린 민가였다. 커다란 집에는 방이 여덟 개 있고 그중 나는 2인용 방을 쓰고 있었다.

내 룸메이트는 캐나다에서 온 60대 간호사 캐서린이었는데, 방 안이 너무 덥다며 부지 안에 있는 마당에 매트리스를 깔고 잤다.

나도 처음에는 그녀나 다른 팀원들과 같이 마당에서 잤다. 그런데 마당에서 자면 바깥 공기가 서늘하여 기분이 좋은 대신 모기의 밥이 되기 일쑤였다. 또 만에 하나 총탄이 날아왔을 때를 생각하면 지붕과 벽이 없는 장소에서는 도저히 푹 잘 수가 없었다.

나는 차라리 온몸이 땀에 흠뻑 젖더라도 실내에서 자야 안심이 되었다. 사실 나와 캐서린이 쓰는 방은 긴급사태가 벌어졌을 때 대피장소로 쓰이는 '안전실(safe room)'이었다. 숙소와 사무소, 병원 등 우리가 출입하는 장소에는 반드시 이런 안가가 설치된다.

안전실은 무엇보다 안전해야 한다. 내 방 창문 바깥에는 흙 자루가 쌓여 있어 바람과 빛이 완전히 차단되는 대신에 근처에서 총격이나 공중폭격이 일어나도 그 충격으로 창문 유리가 깨지지 않도록 설계되어 있었다.

이런 이른 아침에, 대체 무슨 일이 벌어지고 있는 것일까?

2017년 8월, 시리아는 정부군과 반체제파의 싸움에 더하여, IS가 강권지배하고 있는 라카의 탈환작전이 시작되면서 혼란의 한가운데에 있었다.

다만, 우리가 거점으로 삼았던 장소는 당시 어떤 혼란 지역과도 거리가 있어서 돌발적인 전투가 일어나는 곳은 아니었다.

시리아 내전이 발발한 이후, 이 도시를 지배하는 조직이 여러 번 바뀌고 그때마다 각 조직이 제정하는 규칙에 따라 시민들이 이리저리 휘둘렸다. 그 당시에는 쿠르드인 부대인 '인민수호부대(YPG, Yekineyen Parastina Gel)'가 이 일대를 지배하면서 혼란이 다소 진정되었다.

나는 즉시 열려 있는 방문을 닫고, 문 너머에서 무슨 일이 일어나고 있는지 동태를 살폈다. 동시에 베란다와 다른 방에서 자던 동료들이 내 방으로 대피하기를 기다렸다.

철근을 때리는 듯한 격렬한 소리가 났다. 뒷문을 부수려고 하는 것일까?

온몸에 전율이 일었다. 누군가가 이 집에 들어왔다. 이 방에는 숨을 곳이 없다. 나는 문 뒤에 쪼그려 앉은 채 휴대전화만 한 손에 꼭 쥐고 있었다.

15초, 30초⋯⋯. 아무도 내 방에 오지 않았다.

나는 안쪽에서 문을 잠갔다.

문은 바깥에서 안쪽으로 밀어서 열게 되어 있었다. 나는 만에 하나 문이 열리면 문 바로 뒤 사각지대에 숨을 수 있게 벽에 몸을 바짝 갖다 댔다.

그때였다. 누군가가 내 방문을 발로 쾅쾅 세차게 걷어찼다. 그 진동이 내 몸 구석구석까지 전해졌다. 소리와 진동이 멈추지 않았다. 두 손으로 가슴을 눌러 진정시키려고 했지만 불가능했다.

저 사람은 문이 부서질 때까지 발길질을 멈추지 않을 것이다.

그렇다면⋯⋯.

이때, 머릿속이 순간적으로 맑아졌다. 내 손으로 먼저 문을 열기로 했다.

지금 생각해봐도 왜 그런 판단을 했는지 설명할 길이 없다. 단지

나는 정체불명의 무리가 결국 문을 부수고 들어올 게 분명하다면 차라리 내가 직접 문을 열고 협력하는 자세를 보이는 편이 낫다고 생각했던 것이다.

나는 이쪽에서 문을 열겠다는 의사를 드러내기 위해, 일부러 열쇠를 꽂는 소리를 냈다. 그러자 문 너머에서 문을 차는 행위가 멈췄다.

그리고…….

열쇠구멍에 꽂혀 있던 갈색 열쇠를 천천히 돌렸다.

정말로 열어도 되는 것일까?

상대도 문이 열리기를 얌전히 기다렸다. 자물쇠에서 찰칵 소리가 났다. 나는 왼손을 머리 위로 올리고 오른손으로 문고리를 잡았다. 그리고 천천히 문고리를 돌렸다.

드디어 문이 열렸다. 동시에 나는 문고리를 잡았던 오른손을 곧장 머리 위로 올리고 두 팔을 든 채 천천히 문을 나섰다. 나는 눈을 질끈 감고 고개를 숙였다.

그 자세를 유지하며 눈만 천천히 떴다. 아직 해가 뜨지 않은 어슴푸레한 새벽녘의 복도에서 내 눈에 비친 것은 복면을 덮어쓴 위장복 차림의 열 명 남짓한 무리였다.

그들은 내게 총구를 겨누고 있지 않았다. 그 순간, 느꼈다.

'아, 나는 살았구나.'

나는 마음속으로 크게 안도의 숨을 내쉬었으나 들어 올린 팔을 내리지는 않았다.

"아랍인인가?"

"아닙니다."

고작 한마디, 아라비아어로 그 질문만 하고 상대는 예상과 달리 훌쩍 떠났다.

살았다.

그 후, 생명의 위험에서 벗어났다는 안도감과 도저히 이해할 수 없는 이 상황에 대한 혼란스러움이 뒤엉킨 채로 방에 홀로 남겨졌다. 두 번 다시 경험하고 싶지 않다는 마음 한편으로 언제든 이런 일이 일어날 수 있는 세계에 왔다는 실감이 났다.

튀어나올 듯 세차게 뛰는 심장에 손을 얹었다. 몇 번이나 분쟁지에 파견되어도 이런 공포에는 결코 익숙해지지 않았다.

훗날 이 소동이 시리아 당국에서 벌인 수사의 일환이었다는 사실이 밝혀졌다. 그들의 검거 리스트에 오른 인물 중 한 명이 우리 관사 부근에 살았는데, 아무리 찾아도 발견되지 않아서 주변 조사에 나섰다고 한다.

이 기습 수사로 이 도시에서만 일곱 명이 체포되었다.

다른 동료들은 각자 자기가 있던 곳에서 바닥을 기거나 납작 엎드려 숨었다. 밖에서 자던 사람들은 코앞에서 들리는 요란한 소리에 순식간에 몸을 숨길 수 있었다고 한다.

이 일은 단순히 우리가 체포되지 않아서 다행이라고 끝낼 문제가 아니었다. 주민들은 IS만이 아니라 경찰의 위협과 압박을 견디며 하루하루를 살고 있었다.

해가 뜨고 몇 시간 후 우리는 평소와 다름없이 병원에 출근했다.

출근한 시리아인 직원들 중에는 서러움에 북받쳐 여럿이 얼싸안고 우는 이들도 있었다. 우리 숙소처럼 수많은 집이 예고 없이 기습을 당한 것이다. 주민들은 이제 정말로 화를 낼 힘도 없었다.

공중폭격으로 파괴된 건물이 태반인 거리에 살면서 여러 조직의 세력투쟁을 못 견디고 라카에서 이 도시로 탈출한 시민들. 그들은 지뢰로 팔과 다리를 잃고 불시에 체포될지 모르는 생활에 지칠 대로 지쳤다. 길거리에는 학교에 가지 못하는 아이와 일자리를 잃은 어른들로 넘쳐났다.

끝이 있는 나, 끝이 없는 시리아인

9월로 들어섰다. 이곳에 도착하고 한 달이 지났다.

몸이 한계에 도달했다. 외부 기온은 50도, 모술과 달리 라카의 숙소에는 냉방시설이 없었다. 연일 제대로 자지도, 쉬지도 못한 채 환자들을 돌보는 상황이었다. 15분이라도 짬이 생기면 눈을 붙여야 했다.

하지만 찜통 같은 더위에 잠을 이룰 수가 없었다. 밤이 되면 모기와 진드기에 물린 곳이 정신이 아득해질 정도로 가려웠다. 세어보니 온몸에 물린 곳이 이백 군데가 넘었다.

응급콜(emergency call)이 올 때는 아드레날린이 방출되지만 일을 마치고 나면 기진맥진해서 숙소로 돌아왔다. 머리도 이상해졌다. 몸이야 어떻게든 움직인다 해도 사고력이 저하되자 기록을 하거나 머리를 쓰는 일에서 실수가 잦아졌다. 지금 당장 SOS를 치지 않으면 안 되었다.

하지만 누구에게?

지친 것은 나만이 아니었다. 외과의사도 마취과 의사도 나와 다르지 않았다. 두 사람의 피로도는 나보다 더할지도 모른다. 내 체중은 47㎏에서 41㎏으로 줄었다.

"나머지는 내가 할 테니까, 유코는 이제 돌아가서 쉬어."

어느 날 시몬이 말했다. "돌아가서 쉬어"라는 말이 이다지도 매력적이었던가? 예순의 시몬은 이탈리아인으로 어린아이를 주로 담당하는 마취과 의사다. 그는 붉고 둥근 스펀지를 코에 붙이고 병동을 돌아다니며 아이들을 웃겼다.

"아이들은 내 얼굴만 봐도 울음을 터트리지만 시몬이라면 달라요."

외과의사가 자주 이렇게 말하며 쓸쓸한 웃음을 지었다.

그날은 내 몸을 걱정한 시몬이 나를 먼저 숙소로 보내주었다. 리더에게 보고하고 구급차량을 수배하는 일까지 전부 대신 해주었다. 그 모든 걸 스스로 하지 못할 정도로 나는 지쳐 있었다.

'내가 없으면 수술실이 제대로 돌아가지 않을 거야.'

지금까지는 이런 걱정 때문에 수술 도중에 숙소로 돌아가지 못했다. 그런데 그날은 나도 조금 쉬어야겠다고 생각했다. 평소라면 머리에 금세 떠오르던 것도 잘 생각나지 않았다.

당시 나는 상태가 심각해지는 것을 느끼고 우는 일이 많아졌다. 밤에 직원들 몰래 달력을 보고 있으면 나도 모르게 눈물이 볼을 타고 흘러내렸다.

숙소에 돌아와서 땀에 젖은 채로 침대에 벌러덩 누웠다.

얼마나 누워 있었을까, 휴대전화 소리에 잠에서 깼다. 외과의사에게서 온 전화였다.

"조금 쉬었어요? 응급환자가 들어왔는데, 올 수 있어요?"

2시간은 잤을까? 그날은 도무지 병원에 돌아갈 마음이 들지 않았다. 에너지가 전혀 남아 있지 않았기 때문이다. 수술실에는 시리아인 간호사가 둘 있을 테지만 외과의사가 전화를 한 이상, 내가 가지 않으면 안 되는 이유가 있을 것이었다.

"지금 갈게요."

병원에 도착해 수술실에서 무슨 일이 일어났는지 확인하고 있는데 갑자기 큰소리가 났다.

"유코는 왜 불렀어!"

숙소에서 쉬고 있어야 할 내가 수술실에 있는 것을 보고 시몬이 외과의사에게 화를 낸 것이다.

"응급환자가 들어왔으니 당연히 불러야 하는 거 아니야?"라고 외과의사가 반문했다. 두 사람 다 흥분하는 바람에 언쟁이 쉽사리 멈추지 않았다.

"난 괜찮아요. 이 수술이 끝나면 돌아갈게요."

나는 울면서 두 사람을 말렸다.

시리아인 간호사 두 명이 무슨 일인지 확인하려고 왔다가 당황해했다. 의사 둘은 싸우고 있고 그 옆에서 내가 울고 있었기 때문이다.

나는 그때 두 간호사를 보고 퍼뜩 깨달았다. 30대 초반의 할레드와 20대 후반의 마흐무드. 할레드에게는 아이가 둘이나 있었다. 그들도 심신이 지칠 대로 지쳤을 것이다.

그들은 나보다 더 힘든 생활을 하면서도 지뢰와 공중폭격에 손발이 찢겨나가고 피투성이가 되어 실려 오는 국민을 위해 이 악물고 버티고 있는 것이 아닐까? 그들은 어떤 마음으로 환자들을 받고 또 어떤 마음으로 하루하루를 보내고 있을까…….

내 고생은 귀국과 함께 끝이 난다. 나보다 더 힘든 시리아인들이 이를 악물고 버티고 있는데 끝이 있는 내가 우는 소리를 해서야 되겠는가. 나는 그제야 정신이 번쩍 들며 마음이 차분해졌다.

그날부터 귀국할 때까지 나는 몇 번이나 시몬의 도움을 받았다.

"15분이라도 좋으니까, 잠시 쉬다 와요."

"오늘은 그만 숙소로 돌아가요."

어느 날 그가 수술실 안의 물품창고를 어슬렁어슬렁 걷고 있는 것을 보았다. 그곳은 '내 장소'라고 해도 좋았다. 내가 모든 물품과 의약품 재고를 관리하고 있어서 나 말고는 출입하는 사람이 거의 없었다. 시몬은 거기서 무엇을 하고 있는 걸까? 하지만 나는 바쁘게 일하느라 거기에 마음을 쓸 여유가 없었다.

"유코, 잠깐만."

시몬이 물품창고로 나를 불렀다.

안으로 들어가자 전에는 없었던 의자 두 개, 상자로 만든 테이블, 그 위에 샌드위치와 주스가 놓여 있었다.

"같이 먹읍시다."

저녁 5시. 우리는 아직 점심을 먹지 못했다. 보통 점심은 병원 휴게실에서 먹는다. 하지만 환자가 끊임없이 실려 오는 수술실에 있노라면, 문만 열면 코 닿을 거리에 있는 휴게실에 갈 시간조차 없다.

또한 수술실 안에는 위생관리상 음식물을 갖고 들어가서는 안 된다. 그건 수술실을 총괄하는 내가 엄격하게 단속하고 있었다.

하지만 이때는 시몬의 배려에 눈물이 왈칵 쏟아졌다. 시몬이 도와주지 않았더라면 나는 진즉에 쓰러졌을 것이다. 하루만이라도 푹 쉴 수 있다면 앞으로 남은 한 달여 동안 힘내서 일할 수 있을 텐데……. 몇 번이나 그렇게 생각했으나 공중폭격과 지뢰는 우리에게 단 하루도 쉴 틈을 주지 않았다.

몽롱한 상태에서 일을 하며 내 몸인데도 내 몸이 아닌 듯한 감각으로 하루하루를 보냈다. 어떻게든 긍정적인 마음을 유지하는 것이 매일을 헤쳐나가는 유일한 방법이었다.

조용하고 거대한 분노

9월 27일, 현지에 머물던 마지막 날.

매번 그러하지만 나는 옛날부터 사람들에게 '작별'을 고하는 것이 고역이었다. 이제 다시는 이들을 못 만날지도 모른다.

함께 일하던 시리아인 의사와 간호사, 그리고 아직 현지에 남아 활동을 계속할 해외파견 직원들. 나는 되도록 감정을 드러내지 않고 심플하게 사라지고 싶었다.

특히 시몬은 얼굴만 봐도 울어버릴 것 같았다. 시몬도 같은 마음이었을까? 서로 한두 마디 심플하게 주고받았을 뿐, 드라마틱한 이별을 하지는 않았다.

병원은 그날도 어김없이 바빠서 거기에서 일하는 사람들 모두와 작별인사를 나눌 시간은 없었다. 나로서는 그것이 도리어 고마웠다.

귀국길에는 차를 몇 번이나 갈아탔다. 그사이, 광대한 시리아 북부의 아름다운 경치를 구경하며 지난 두 달간을 돌아보았다. 피와 눈물을 흘리는 환자를 몇 명이나 보았던가?

나는 그중에서도 유독 한 명의 얼굴을 떠올렸다. 일본에 귀국하고 나서도 계속 떠오를 얼굴이었다.

공중폭격으로 팔과 다리를 크게 다치고 임신 5개월에 아이까지 유산한 하디자. 하지만 내가 떠올린 사람은 그녀가 아니라 그녀의 아버지였다.

하디자는 병원에 실려 온 후 얼마 동안 입원생활을 계속했다. 나중에 달려온 그녀의 부모님은 24시간 곁에 붙어서 그녀를 보살폈다. 남편은 끝내 나타나지 않았다. 아마도 공중폭격 때 목숨을 잃었을 것이다.

다친 곳은 순조롭게 회복되었다. 부모님에게 극진히 보살핌을 받는 동안에 웃음도 되찾았다. 내가 하디자가 있는 방을 방문하면 그녀는 유일하게 움직일 수 있는 한쪽 팔에 의지하여 침대에서 일어났다. 어머니가 등을 받치며 그녀를 도와주었다.

'아아, 아직 아픈 모양이네. 천천히 움직여도 괜찮아요.'

나는 마음속으로 응원을 보냈다. 나는 하디자가 뭘 하고 싶은지 알고 있었다. 그녀는 가까스로 윗몸을 일으킨 다음 움직일 수 있는 왼팔을 내 목에 두르고 내 얼굴을 끌어당겨서 키스했다.

나도 답례를 했다. 이것이 하디자와 나의 아침 일과였다. 그 광경을 그녀의 어머니가 흐뭇하게 지켜보았다.

그런데 하디자의 아버지는 늘 무표정이었다. 그저 그녀를 보살피는 데만 집중하는 느낌이었다.

많은 환자와 그 환자를 돌보는 간병인이 모이는 병원에서는 나름의 커뮤니티가 만들어지고 그들 사이에서 자연스럽게 대화가 오가게 된다. 긍정적인 대화일 수도 있고 슬픔을 공유하는 대화일 수도 있지만, 그게 어떤 쪽이든 인간은 곁에 있는 누군가와 대화를 나누게 되어 있다.

하디자의 아버지는 누구와도 대화를 나누지 않았다. 그는 그저 물을 뜨러 가고 음식을 가져오고 딸이 몸을 움직일 수 있게 도왔다. 하디자는 여러 번 수술을 받았는데, 그녀의 아버지는 그때마다 수술이 끝날 때까지 의자가 없는 수술실 앞을 서성이며 묵묵히 기다렸다.

하디자의 아버지는 우울증에 걸린 것도, 심신상실 상태에 빠진 것도 아니었다. 그는 분노하고 있었다.

애써 웃고 있는 딸과 아내의 맞은편에서 그는 소리 없이 그러나 거세게 분노하고 있었다. 소용돌이치는 그의 분노가 느껴졌다. 그 분노를 누구에게 토해낼 것인가? 세계는 그의 분노를 어디까지 알고 있을까?

그가 직접 말하지 않는다면 내가 전하는 수밖에 없다.

2장

간호사가 되다

—일본과 호주에서

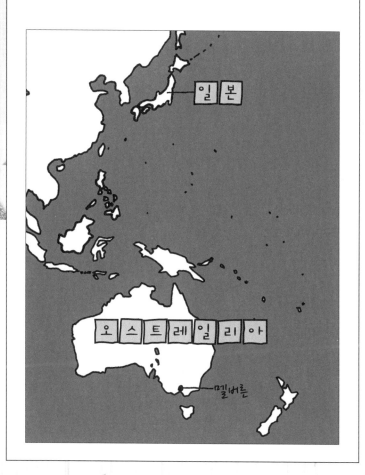

일곱 살에 '국경없는의사회'를 알게 되다

나는 세계의 혼돈을 상징하는 듯한 시리아와 이라크의 분쟁지에서 의료 구호활동을 하고 있다. 때로는 지뢰를 밟고 다리를 절단하는 환자의 수술을 돕거나 공중폭격으로 집과 가족을 잃은 환자의 마음을 보듬어준다.

친구들에게 이런 이야기를 꺼내면 내가 특별한 존재라도 되는 양 쳐다볼 때가 많다. 외국어를 유창하게 하고, 의료 전문가이며, 무엇보다 사명감에 불타는 여성이라는 이미지를 떠올리는 것이다. 조금 차이가 있겠지만, 한마디로 '강인한 여성'이라고 생각하는 것 같다.

하지만 사실은 그렇지 않다. 체력에 특별히 자신이 있는 것도 아니다. 내 키는 152cm로, 서양에서 온 직원에 둘러싸여 있으면 더욱 왜소해 보인다. 힘쓰는 일은 당연히 힘에 부친다. 괴로운 일이 있으면 마음이 아프고 다른 나라의 해외파견 직원과 일할 때면 언어와 문화의 벽에 부딪혀 늘 고민한다.

피와 눈물, 그리고 사람들의 부정적인 감정이 흘러넘치는 현장에 있다 보면, 도저히 견딜 수 없을 만큼 힘들 때도 있다. 물론 보람이야 있지만, 가혹한 직장이라고 생각한다.

그렇다면 나는 어째서 국경없는의사회에서 일하게 된 걸까?

그 시작은 내가 일곱 살 무렵으로 거슬러 올라간다.

그때는 아직 우리 집이 리모델링하기 전이라 낡은 거실 한쪽에 리모컨이 아니라 다이얼로 채널을 돌리는 텔레비전이 있었다. 텔레비전의 크기도 아주 작아서 선반 위, 조금 높은 곳에 놓여 있었다. 일곱 살 무렵의 어느 일요일 저녁이었던 것 같다. 무심코 한 방송 프로그램을 보고 있는데, 그때 내 인생을 바꾼 사건이 일어났다.

'국경없는의사회.'

이 글자가 내 눈에 들어왔다.

아마 다큐멘터리 방송이었던 것 같다. 솔직히 구체적인 내용은 기억나지 않는다. 아프리카에서 구호활동을 하는 내용이었던 것 같기도 하다. 그런데 방송 마지막에 '국경없는의사회'라는 글자가 나타났다. 이때부터 나는 국경없는의사회에서 일하는 사람들에게 동경 비슷한 감정을 갖게 되었다.

원래 의료에 국경 따위는 없다. 많은 사람들이 그렇게 생각할 것이다. 그런데 단지 생각에 그치지 않고, 직접 위험을 무릅쓰고 자신의 의술을 제공하는 사람들이 있다. 나는 그들이 무척 대단하게 느껴졌다.

나는 정말 평범한 어린 시절을 보냈다고 생각한다. 가전제품의 부품을 제조하는 업체를 운영하는 부모님, 할아버지와 할머니, 두 살 터울의 남동생과 함께 살았다. 살던 곳은 사이타마의 시골. 집 뒤편에는 대나무 숲이 울창한 언덕길이 있었는데 그 길을 내려가면 근처 정육점에서 관리하던 외양간이 있었다.

부모님의 작업장은 집 한 귀퉁이에 있어서 부모님은 매일 집에 계셨었다. 다만 두 분 다 작업장에 틀어박혀서 거의 나오지 않았다. 학교에서 돌아오면 먼저 할머니에게 가서 간식을 얻어먹고 남동생과 나는 멋대로 놀러 나가거나 친구를 집에 불러서 자유로운 시간을 보냈다.

나는 책 읽는 것도 아주 좋아했다. 학교와 시립도서관에서 책을 읽기도 했지만 집에도 엄마가 사준 책이 잔뜩 있었다. 지금 생각해보면 그것이 지금 내가 하는 일에 어떤 영향을 미친 것 같기도 한데, 당시 집에는 전쟁에 관한 책이나 중국, 소련, 유럽을 무대로 한 책이 책장에 가득 꽂혀 있었다.

당시 내가 영향을 받은 전쟁영화도 있다. 〈버마의 하프〉(전쟁을 소재로 반전과 박애의 메시지를 전하는 이치가와 곤 감독의 1956년 작품_역주)라는 종전 전후의 미얀마(당시에는 버마)에 주둔했던 일본군 부대를 그린 영화다. 내가 초등학교 4학년 무렵에 봤던 것 같다.

이 영화에는 지금도 잊히지 않은 장면이 있다. 음악가였던 부대장이 부하들에게 노래를 가르치면서 틈만 나면 직접 지휘봉을 잡고 다같이 노래를 불렀다.

어느 날, 이들의 숙영지가 적군에 포위되었다. 절체절명의 순간, 대장이 지휘봉을 잡더니 부하들에게 노래하라고 명령했다. 노래가 시작되고 포위했던 적병들이 하나둘 그 목소리에 맞춰 노래를 따라 부르기 시작했다.

어린 나이에도 그 장면이 참 따뜻하고 감동적으로 느껴졌다.

인간은 원래, 서로 미워하는 대신 사이좋게 공존할 수 있지 않나? 그런데 왜 서로 죽이지 못해 안달인 걸까? 이미 어른이 된 지금 나는 이 사실을 도무지 이해할 수 없다.

간호사가 되고 싶어

나는 중고등학교 시절에는 장래에 무슨 일을 하고 싶은지 명확한 목표가 없었다. 당시에는 경기가 좋아서 대학에 가는 대신 고등학교를 졸업하고 바로 취직하는 사람도 많았다.

나는 취업률이 높은 상업고등학교에 들어가기로 했다. 그 학교는 내 성적이면 추천입학으로 들어갈 수 있는, 다시 말해 면접만 보면 들어갈 수 있는 곳으로 주변의 동급생들처럼 열심히 수험공부를 하지 않아도 괜찮았다. 솔직히 말하면 그 지역 일대에서 교복이 가장 예쁘다는 이유만으로 고등학교를 결정한 것이었다.

입학하고 나서는 동아리 활동에 열중하기보다는 학교를 마치고 돌아오는 길에 친구와 차를 마시고 쇼핑을 하거나 패스트푸드점과 슈퍼에서 계산대 아르바이트를 했다.

고등학교 3학년이 되자 갑자기 취업 활동을 하는 분위기가 되었다. 교실 한구석에 취업 자료가 산처럼 쌓이고 쉬는 시간마다 반 친구들이 거기로 몰려들었다.

마음에 드는 기업을 발견하면 취업지도 선생님을 찾아가 상담했고 여름방학에는 각 기업의 취업설명회를 보러 다녔다. 하지만 나는 취업 활동이 영 내키지 않았다. 그렇다고 대학이나 전문학교에 들어가서 공부하고 싶을 만큼 명확한 목표도 없었다.

고등학교 3학년 여름이 지나자 취업 자리가 정해지고 의기양양해하는 친구들이 하나둘 늘어갔다. 나도 더 이상 가만히 있을 수는 없었다. 뭔가 하고 싶었다. 하지만 그게 뭘까? 열일곱 살의 내 머릿속에는 그게 뭔지 구체적으로 떠오르지 않았다.

초조하지 않았다면 거짓말이다. 하지만 언젠가는 내가 하고 싶은 일을 찾게 될 것이라는 근거 없는 자신감이 있었다. 그리고 그 순간이 찾아왔다. 어느 날, 반 친구 중 한 명이 내게 이런 말을 했다.

"나 있지, 간호사가 되고 싶어. 그래서 지금 어느 간호학교를 갈지 고르고 있어."

깊이 생각했던 것은 아니다. 하지만 나는 자연스럽게 이렇게 대답했다.

"나도! 나도 간호사가 되고 싶어!"

그렇다, 나는 간호사가 되고 싶었다. 이제야 알았다. 이제야 만났다. 내가 찾던 직업은 간호사였다. 그래, 아주 오래전부터.

그 순간, 신기하게도 퍼즐 조각이 딱 맞춰진 느낌이 들었다.

일단 간호사가 되기로 결심하자 간호사가 되는 일 말고는 아무것도 머릿속에 들어오지 않았다. 그렇지만 그때부터가 고난의 시작이었다. 상업고등학교에서는 수학과 영어 같은 일반과목 대신 회계와 정보처리 같은 과목을 더 많이 공부한다. 그래서 내게는 간호학교 입학시험을 치를 만한 학력이 없었다. 앞서 간호사가 되겠다고 말했던 친구는 일찍부터 학원에 다니며 간호학교 입시를 준비하고 있었다. 4개월 후에 시험을 보지 않으면 안 되는데 어떻게 하지?

그런데 어느 날, 눈앞에 길이 열렸다. 집에서 전철로 세 정거장 거리에 정시제 간호학교가 문을 연 것이다. 보통 간호학교는 3년제인데 그 학교는 정시제라 학교에서 지정한 의료기관에서 반나절을 근무하는 게 입학 조건이었다.

나머지 반나절은 수업을 들으며 총 4년간 학교를 다니면 졸업할 수 있었다. 입학시험도 전일제인 간호학교에 비해 난이도가 높지 않았다.

이런 조건 덕분에 원래라면 다소 부족한 성적이었으나 나에게도 충분히 가능성이 있었다. 나는 정식으로 정시제 간호학교 3기생으로 입학했다.

열심히 공부하다

역시나 일하면서 공부하려니 정말로 힘들었다. 오후 1시에 수업이 끝나면 2시에는 근무를 시작해야 했다. 학교에서 자가용으로 등교하는 걸 금지했기 때문에, 1시간여나 걸리는 길을 버스와 전철, 자전거를 갈아타고 다니느라 점심 먹을 시간도 없었다.

주말에는 학교를 쉬었으나 대신 근무 스케줄이 잡혀 있었다. 집에서는 공부는커녕 숙제하기에도 시간이 빠듯하여 복습할 여유가 없었다. 하지만 솔직히 말해서 집에서 공부할 시간이 있어도 공부하는 대신 놀러 나가고 싶었다. 그때는 아직 고등학교를 갓 졸업한 10대였으니까. 기업에 취직한 친구들이 저마다 돈을 벌며 퇴근 후와 주말을 자유롭게 즐기는 모습이 무엇보다 부러웠다.

처음에는 주말에 드라이브나 여행을 갈 때마다 친구들에게서 연락이 왔으나 내가 계속 거절하자 그마저도 차츰 뜸해졌다. 간호학교에 다니는 4년간이 영원처럼 길게 느껴졌다.

하지만 간호사가 되고 싶다는 마음만은 변하지 않았다.

그 무렵, 나는 간호학교에 같이 다니는 친구들에게 '국경없는의사회를 동경한다'고 떠들고 다녔다. 하지만 그런 생각을 하는 것은 나만이 아니었다. 국제협력 단체나 자원봉사에 관심이 있는 동급생들이 워낙 많아서 서로 별 생각 없이 떠들어댄 것에 불과했다.

그러면서도 정작 나는 툭하면 낙제를 받는 학생이었다. 추가 시험, 때로는 추추가 시험을 보았다. 간호사 공부를 만만하게 봤다고밖에 달리 설명할 길이 없다. 간호사가 되고 싶은 마음은 강했으나 근무하느라 지쳤다는 핑계로 공부를 게을리했다.

게다가 더 어이없는 건 '이런 근무 스케줄로는 공부를 못하는 게 당연하지'라고 생각하며 도리어 당당했다는 것이다.

그랬던 나에게도 4학년이 되니 어쩔 수 없이 국가시험을 봐야 한다는 현실이 닥쳐왔다. 시험 보기 4개월 전, 12월이 되고 나서야 겨우 정신을 차리고 맹렬히 공부하기 시작했다.

간호사 국가시험은 합격률이 평균 90%였다. 선생님도 선배들도 "평소처럼만 공부하면 합격할 거야"라고 입을 모아 말했으나 지금 생각해보면 국가시험을 잘 보려면 요령이 필요하다. 몇 년간의 기출문제를 열심히 보면 출제자의 출제 경향이 보인다. 문제는 전부 사지선다 유형으로 패턴이 거의 비슷했다. 그리고 "헷갈리면 3번을 찍으세요"라는 부교장의 조언도 따랐다.

이런 허술하기 짝이 없는 대책으로 나는 국가시험에 무사히 합격했다.

'수술실 간호사'에게는 장인정신이 필요하다

1996년, 간호사 자격증을 취득하고 차로 5분이면 다닐 수 있는 근방에 새로 생긴 외과 중심의 의료시설에 취직했다. 여기에서 3년 정도 근무했다.

일하는 동안, 나는 하루에도 몇 번씩 간호사가 되기를 정말로 잘했다고 생각했다. 환자의 생활과 인생을, 간호라는 형태로 돕는 일이 몹시 마음에 들었다.

간호의 세계는 상하관계가 엄격하다. 물론 일도 만만치 않아서 신입인 나는 스펀지처럼 새로운 것을 흡수했다. 특히 수술실에서의 경험이 신선했다.

병원에는 보통 환자가 병동에서 만나는 간호사(입원환자의 건강상태를 매일 체크하고 투약하고 식사를 제공하는 등의 업무를 담당) 외에 수술실이라는 폐쇄된 공간에서 일하는 '수술실 간호사'가 있다.

수술실 간호사는 외과의사, 마취과 의사, 임상공학 기사들과 팀을 이루어 수술실에 실려 온 환자의 수술을 돕는다. 현재 내가 국경없는의사회에서 주로 담당하는 일도 이 업무다.

수술실 안에는 멸균을 엄중히 유지하는 구역과 그렇지 않은 구역이 있다. 이에 따라 수술실 간호사는 '소독 간호사'와 '순환 간호사'라는 두 역할로 나뉜다.

멸균된 구역을 담당하는 간호사가 소독 간호사고, 그렇지 않은 구역을 담당하는 간호사가 순환 간호사다.

수술받은 환자의 몸 안에는 잡균이 들어가면 안 된다. 그래서 수술에 직접 참여한 사람은 멸균된 가운과 수술 장갑을 착용하고 멸균된 도구와 물자 외의 물건에는 손을 댈 수가 없다. 이런 이유로 행동이 제약된 의사들을 바로 옆에서 보조하는 것이 소독 간호사다.

텔레비전 드라마의 수술실 장면에서 외과의사가 "메스"라고 하면 그 말을 듣고 메스를 건네주는 간호사를 떠올리면 이해하기 쉬울 것이다.

단, 텔레비전에서는 아주 간단해 보이지만 실제로는 의사의 움직임을 예측하지 않으면 지시에 대응하지 못하기 때문에 넓은 시야와 각종 기구에 대한 지식이 필요하다.

한편 순환 간호사는 외과의사와 소독 간호사를 '주위에서' 돕는다. 수술할 때는 수많은 의료기기를 사용하는데 순환 간호사가 수술 진행에 맞게 그 기기를 조작하거나 필요한 물품과 의약품을 준비한다.

또 환자와 연결된 모니터에 나온 데이터를 읽어서 의사에게 전달하고, 그 외 조명과 실내온도를 조정하는 일까지 담당한다. 이런 일들도 경험이 없으면 잘해내기가 쉽지 않다.

어떤 일이든, 수술 중에는 약간의 실수만 해도 환자의 생명에 영향을 미칠 수 있기 때문에 다들 신경이 곤두서 있다. 장시간 서 있어야 할 때도 많아서 긴장과 피로가 극심하다. 그래서 아무런 문제없이 순조롭게 수술을 마치고 나면 큰 보람을 느낀다.

더군다나 국경없는의사회에서 일하는 수술실 간호사는 소독 간호사와 순환 간호사의 역할을 겸하는 동시에 수술실 전체를 총괄하는 간호사장으로서의 역할도 해야 한다. 특히 분쟁지나 전쟁터에서는 인원수가 제한되므로 그때그때 상황에 맞게 임기응변으로 대응하지 않으면 안 된다.

수술 진행상황을 파악하고 응급실, 병동과 연대하면서 긴급 수술 배당, 인원 배치 등을 계산할 수 있는 능력도 필요하다. 나아가 현지에서 고용된 수술실 직원에 대한 개별 지도와 교육을 포함한 인력 관리와 물품 및 의약품 관리까지도 알아서 해야 한다.

다시 하던 이야기로 돌아가면, 당시 내가 근무하던 병원의 근무 시스템은 하루마다 근무 장소가 바뀌는 로테이션제여서 병동, 외래, 방문간호까지 균형 있게 경험할 수 있었다. 덕분에 부서마다 스타일이 다른 간호업무를 하며 폭넓은 재미와 놀라움을 경험했다.

1999년, 졸업하고 3년이 지나자 간호사로서도 슬슬 제 몫을 하게 되었다는 자부심이 생겼다. 이 무렵에는 연봉도 올라서 친구들과 놀러 다니거나 여행을 가는 등 학창시절에 그렇게 간절히 바랐던 것들도 유급휴가를 쓰면서 마음껏 즐길 수 있었다.

그 무렵 어느 날, 텔레비전을 보고 있는데 소녀 시절의 꿈을 일깨워주는 뉴스가 흘러나왔다.

"국경없는의사회, 노벨평화상 수상."

나는 불현듯 몸이 뜨거워졌다. 몸 안의 피가 빠르게 움직이기 시작했다.

내가 어린시절부터 동경하고 존경하던 단체가 훌륭한 상을 받았다. 1971년에 창설한 이래, 28년간 인도적으로 펼친 지원활동이 좋은 평가를 받았다고 한다.

내 나름대로 경험을 쌓고 간호사로서 자부심을 느끼는 시기였기에 어쩌면 나도 국경없는의사회(MSF)의 무대에 설 수 있지 않을까 하는 생각이 문득 들었다.

그때 처음으로 일본에도 국경없는의사회 사무국이 존재한다는 사실을 알았고, 서둘러 연락해보았다.

하지만 현실은 냉정했다.

이때는 아직 스물여섯. 그 후 내가 실제로 국경없는의사회에 들어가기까지 10년이라는 긴 세월이 걸렸다.

영어를 못 해서

국경없는의사회의 노벨평화상 수상 소식을 듣고 얼마 지나지 않아 나는 도쿄 다카다노바바에 있는 국경없는의사회 사무소를 찾아갔다. 한 달에 한 번 개최되는 채용설명회 날이었다.

당시 사무실의 구체적인 모습은 기억이 가물가물하지만 무척 비좁은 장소였던 것만은 인상에 남아 있다. 그곳에 나를 포함해 여섯 명가량의 참가자가 모여 한 테이블에 둘러앉았다.

진행을 맡은 분이 앞에 서서 실제 현장의 모습과 파견된 일본인 직원의 목소리를 담은 비디오를 보여주었다.

사실 나는 2014년에 활동현장을 떠나 얼마 동안 국경없는의사회의 사무소에서 채용 담당자로 일하기도 했다. 매달 설명회를 개최하고, 당시 진행을 맡았던 분처럼 참가 희망자들 앞에서 설명을 했다. 당시와 차이점이 있다면, 내가 담당하던 시절에는 참가자가 평균 50~80명으로, 넓은 강연장을 빌려서 진행했다는 점이다.

그날 설명회가 끝나고 나는 망연자실한 채 전철역까지 익숙하지 않은 도쿄의 밤거리를 터벅터벅 걸었다. 그때 느낀 좌절을 지금도 선명히 기억한다.

영어.

설명회에 참가하자 이 거대한 벽이 눈앞에 쿵 하고 나타났다.

국경없는의사회는 국제구호단체다. 전 세계에서 모이는 직원으로 팀이 꾸려지기 때문에 활동할 때는 영어(혹은 프랑스어)를 공용어로 쓴다. 어찌 보면 당연한 일이다. 하지만 당시 나는 '내일이라도 당장 국경없는의사회에서 일할 거야'라는 기세로 설명회에 참가했던 만큼, 별안간 찬물을 맞은 듯 정신이 번쩍 들었다.

그때까지 내 영어 실력은 면접만 보고 추천으로 들어간 상업고등학교에서 형식적으로 배운 게 다였다. 간호학교에서는 영어수업이 많지 않은 데다 국가시험과도 관계가 없어서 수업시간에는 다음 근무시간에 쓸 체력을 비축하기 위해 거의 잠만 잤다.

입시영어도 제대로 공부한 적 없는 영어 실력 제로의 스물여섯 살짜리 일본인이 다른 나라에 가서 영어로 의료 활동을 한다? 그게 가능할 리 없었다.

하지만 포기가 늦은 나는 그렇게 양동이에 가득 담긴 찬물을 맞고도 열정이 식지 않아서 깨끗이 포기하지도, 그렇다고 어느 방향으로 가야 하는지 알지도 못한 채 한동안 끙끙 앓았다. 그리고 고작 생각해낸 방법이 영어회화 학원에 다니는 것이었다.

맨땅에서 다시 시작

영어회화 학원은 즐겁게 다녔으나 여행지에서 조금 폼 재며 엄마를 안내할 수 있는 정도밖에는 늘지 않았다. 이래서는 영어로 소통하며 사람들의 생명을 구하는 의료 활동을 하기란 불가능했다.

이제는 포기할 수밖에 없다. 나는 간호사 일을 좋아하니까 그것만으로도 충분히 행복해. 일본에서 간호사를 계속하는 것도 괜찮지 않을까…….

이렇게 거의 포기하며 애타는 심정으로 하루하루를 보내던 나에게 구세주가 나타났다. 바로 엄마였다.

"지금 포기하다니. 10년 동안이나 꿈꾸던 일이잖아. 그러지 말고 지금 당장 과감하게 유학 다녀와."

비로소 눈앞에 길이 열린 것 같았다. 엄마가 그렇게 말해주어서 진심으로 고마웠다.

나는 유학자금을 모으기 위해 인근에서 가장 월급을 많이 주는 한 산부인과 병원으로 자리를 옮겼다. 외과밖에 경험이 없었던 나는 산부인과라는 분야를 처음부터 다시 공부하지 않으면 안 되었다.

산부인과 현장은 눈이 팽팽 돌아갈 정도로 바빴다. 지금까지 근무했던 외과 병원에서도 매일 발을 동동 구르며 바쁘게 일했는데, 산부인과는 상상을 초월할 정도로 바빴다. 격무라는 말이 그보다 잘 어울릴 수가 없었다.

게다가 외과 못지않게 생명과 밀착된 일이어서 스트레스와 압박감도 심했다. 월급과 수당은 만족스러웠으나 밤샘 근무를 마친 후에는 녹초가 된 나머지 바로 집으로 돌아가지 못했다. 다리가 뻣뻣해지고 온몸이 경직되어 일단 목욕탕이나 마사지숍에 들르고 나서야 귀가할 수 있었다.

격무이기는 했으나 일에 서툰 나를 곁에서 도와주던 이 병원의 베테랑 직원들과는 남다른 추억을 쌓았다. 유학을 가겠다는 내 계획에도 깊이 공감해주었다. 그분들에게는 지금도 고마운 마음이 든다. 이 산부인과에서 보낸 3년은 그 후 국경없는의사회에서 일할 때 꼭 필요한 아주 귀중한 경험이 되었다.

스물아홉 살이 되었다. 이제 몇 개월만 지나면 서른이다. 산부인과에서 일해서 받은 월급으로 유학자금도 모았다. '그 나이에 유학?'이라며 비웃는 사람도 있을 것이다.

웃음거리가 되어도 좋았다. 원래 유학이 목표가 아니었다. 어학연수를 거쳐, 대학에 들어가서 현지 간호사 자격증을 따야 했다. 영주권을 얻어 취직까지 하면 금상첨화였다.

목표로 정한 곳은 호주의 멜버른. 유학생을 많이 받는 도시로 유명하다. 산부인과에서 자금을 모으던 3년 동안 이곳에 대해서 꼼꼼하게 조사했다.

내가 조급해하리라는 것을 엄마는 알고 있었던 모양이다.

"철저히 준비해서 기반을 단단히 다져. 그리고 마흔 즈음을 네 인생의 최고 절정기라고 생각해."

'그래. 일단 유학을 무사히 마친 다음 현지에서 취직해서 실적을 쌓자. 이번에 호주에 가면 짧아도 5년은 머물게 될 것이다. 그때는 30대 중반이 되겠지. 그래도 좋다. 그때부터 국경없는의사회의 문을 두드려서 40대에 구호 전문가가 되면 된다.'

나는 마음을 단단히 먹었다.

2003년 7월 7일. 출발일이 칠석날인 것은 우연이었다. 나리타공항에는 JAL에서 준비한 칠석 이벤트로 소원을 비는 종이와 그걸 매다는 조릿대가 마련되어 있었다. 나는 그 종이에 당당히 이렇게 써서 조릿대에 장식했다(일본에서는 칠석날에 단자쿠(短冊)라는 두툼한 종이에 소원을 적어서 사사(笹)라는 작은 대나무에 매다는 풍습이 있다._역주).

"호주에서 제 몫을 하는 간호사가 될 때까지 돌아오지 않을 테다."

그리고 JAL의 스튜어디스에게 부탁해 그 조릿대 앞에서 기념사진을 찍었다. 그때의 사진은 지금도 잘 보관하고 있다.

대학은 하나의 관문일 뿐

어학연수를 받을 때도 나름대로 전략을 세웠다. 학교는 멜버른 시내에 흔히 볼 수 있는 유학생 전문 어학교 중 하나였다. 하지만 대학에 들어가기 위해서는 아이엘츠(IELTS: International English Language Testing System. 영국식 영어 능력 시험으로 미국 ETS에서 시행하는 토플과 매우 유사하다. 대학 진학이나 이민 수속용으로 흔히 사용된다._역주)라는 영어검정 시험을 필수로 봐야 했다. 그래서 나는 시험 점수를 올리기 위해 처음부터 아이엘츠 강화반을 골라서 들어갔다.

처음에는 일단 시내에 위치한 6인용의 저렴한 간이호텔에 묵었으나 24시간 영어를 접할 수 있도록 호주인 3인조와 함께 살기로 했다. 신문에 나온 하우스메이트 모집광고를 보고 과감히 공중전화를 걸었는데 첫 번째 통화부터 내게 행운이 찾아왔다.

세 명 중 한 명이 일본에 머문 경험이 있던 터라 일본에 호의적이어서 나를 흔쾌히 받아주었다.

실제로 현지에서 영어에 둘러싸여 생활을 시작하자 영어가 순식간에 늘었다.

아이엘츠 점수는 5개월 만에 대학입학 수준까지 올라서 2004년 2월에 꿈에 그리던 대학에 합격했다. 호주 가톨릭대학(Australian Catholic University). 이곳에서 간호사를 꿈꾸는 호주 학생들과 함께 공부를 시작했다.

나는 이미 일본에서 간호사 자격증을 따서 공부 내용은 알고 있었다. 하지만 내게는 그 내용을 '영어로 공부한다'는 점이 중요했다.

보통 3년을 다녀야 하지만 나처럼 모국에서 간호사 자격증을 받은 사람은 1년을 면제해주었기 때문에 2년만 다니면 졸업할 수 있었다. 가슴이 설레었다. 같은 과정을 밟는 유학생은 나를 포함하여 여섯 명. 나는 공부가 재미있어서 매일 잠도 자지 않고 공부에 매달렸다. 학교에서 배운 모든 것을 흡수했다. 그때는 정말로 열의에 넘쳤다.

논문도 과제도 시험도 실습도 호주인보다 더 열심히 하지 않으면 안 된다고 스스로 채찍질했다. 일본에서 간호학교를 다니는 동안에 공부를 게을리했던 나라고는 믿기지 않을 정도였다.

2학년이 되자 실습이 많아졌다. 이때부터 함께 입학했던 유학생이 하나둘 고국으로 돌아가기 시작했다. 시험과 실습에서 영어 실력 부족으로 학점을 따지 못해 차례로 퇴학 처분을 받았기 때문이다. 무서웠다.

여기서 낙제하면 그다음으로 가는 문이 닫힌다.

대학은 내가 국경없는의사회에 가기 위한 하나의 관문에 불과했다. 퇴학당하는 유학생들을 보면서 내일은 내 차례가 될지 모른다며 정신을 바짝 차렸다. 결국, 여섯 명의 유학생 중 졸업장을 받은 사람은 나 하나뿐이었다.

최고의 병원에서

호주에는 일본과 달리 간호사 국가시험이 없다. 졸업 후에는 수속만 밟으면 간호사 자격증을 취득할 수 있다.

2006년, 나는 정식으로 호주 간호사 자격증을 취득했고 동시에 영주권을 신청했다. 영주할 계획은 없었지만 영주권이 있으면 취업 비자를 받으려고 따로 고생할 필요 없이 편하게 취업 활동을 할 수 있었다. 당시에는 영주권을 취득하는 데 간호사가 가장 유리한 직업이었기 때문에, 돈은 조금 들었지만 망설이지 않고 영주권을 취득했다.

졸업 후에는 내시경 전문의 클리닉에서 근무했다. 매일 똑같은 일을 반복하는 일상이었다. 영어를 모국어처럼 하지 못했기 때문에 그곳이 내 수준에 딱 맞는 장소라고 여기며 1년 정도 일했다. 하지만 얼마 지나지 않아 더 큰 병원에서 일하고 싶다는 생각이 들었다.

대학시절에 실습하러 다니던 로열 멜버른 병원처럼 큰 병원에서 근무할 수 있으면 최고의 경험이 될 것이다. 하지만 그것은 거의 꿈이나 다름없는 이야기였다.

그런데 내게 다시 행운이 찾아왔다. 우연히 본 로열 멜버른 병원 수술실 직원 모집공고에 '내시경 경험이 풍부한 간호사를 우대한다'고 쓰여 있던 것이다.

수술실이라면 일본에서 일했던 경험이 있었다. 이거야말로 나를 위한 모집공고가 아닌가! 나는 조금도 망설이지 않고 면접을 보았고 채용되었다는 통지를 받았다. 이렇게 해서 나는 멜버른 안에서도 역사와 전통을 자랑하는 대형 병원의 정식 직원이 되었다.

이때부터 2010년에 귀국할 때까지 3년 반 동안 나는 로열 멜버른 병원에서 간호사로 근무했다.

그 시절을 떠올리면 지금도 눈물이 난다. 그 눈물은 회한의 눈물이 아니라 사랑과 다정함에 대한 감사의 눈물이다. 영어도 완벽하게 하지 못하는 먼 일본이라는 나라에서 온 간호사를 어떻게 채용할 생각을 했는지 지금 생각해도 고맙기만 하다.

물론 나는 간호사로서의 기술과 지식은 누구에게도 뒤지지 않을 자신이 있었다. 그렇지만 딱 하나, 영어라는 높은 장벽이 줄곧 나를 따라다니며 괴롭혔다.

처음에는 영어가 잘 들리지 않거나 원하는 대로 말하지 못해서 내 능력을 충분히 발휘하지 못하는 우울한 나날을 보냈다. 긴급한 순간이나 의사와 수시로 중요한 대화를 나눠야 하는 현장에서는 그 압박감에 매일 심장이 짓눌리는 것만 같았다.

내가 근무하던 부서에는 스무 명 남짓한 간호사와 세 명의 테크니션이라 불리는 조수가 있었는데, 그들의 배려 덕분에 나는 차츰 적응하고 실력을 발휘할 수 있었다.

그들은 내가 전화 대화가 서툴다는 걸 알고 나서는 전화를 받지 않아도 되게 조치해주었다. 내가 긴장하지 않고 편안하게 일할 수 있도록 도와주었다. 그리고 '일본에서 온 경험이 풍부한 간호사'로 대해주었다.

언어의 벽은 존재할지 모른다. 하지만 진정으로 중요하게 여겨야 할 것은 언어 실력이 아니라 그가 가진 생각과 가치가 아닐까? 그들은 그 사실을 몸소 보여주었다.

멜버른은 원래 다인종, 다문화 도시여서 나만 유독 눈에 띄는 외국인은 아니었다. 그곳에는 이민자를 이해하고 존중해주는 문화가 뿌리 깊게 자리하고 있다.

로열 멜버른 병원으로 전직하고 2년째와 3년째에, 나는 팀 리더와 신입지도 담당, 새로 시작된 프로젝트의 리더 등을 맡게 되었다.

귀국할 때가 왔다

정신을 차려보니 호주에서의 생활도 7년째에 접어들고 있었다. 살기 편한 데다가 영주권도 있겠다, 나도 모르게 이대로 이 나라에 눌러살자는 생각마저 들었다. 국경없는의사회에 들어가기 위해 영어를 공부하러 왔다는 처음 목적을 완전히 잊은 것이다.

영어로 소통하는 데 불안을 느끼면서도 간호사로 일하던 성장기에는 불타는 의욕과 열심히 일하는 자신에 대한 만족감, 그리고 성장할 때마다 얻는 기쁨이 있었다.

이제 자격증도 있고 영주권도 취득했고 수입도 안정적이었다. 하지만 마음속에 차츰 허무함이 생겨나기 시작했다.

새로운 목표를 찾으려고 내 집 마련이나 전직을 생각해보기도 했다. 답을 찾기 위해 유급휴가를 얻어 몇 번이나 여행을 떠났다. 하지만 이제 더 이상 나 자신을 속일 수는 없었다.

나는 답을 알고 있었다. 호주를 떠날 때가 온 것이다. 그저 그 답을 인정하기까지 반년이라는 세월이 걸린 것뿐이다. 이 나라는 떠나기에는 지나치게 매력적이었기 때문이다.

안정된 생활을 버리고 새로운 인생을 살자니 그것도 두려웠다. 하지만 결국 나는 한 발 앞으로 나아가기로 했다.

호주를 떠나자.

지금이야말로 국경없는의사회에 들어갈 때다.

2010년 4월, 그때까지 렌트해서 살던 바닷가의 멋진 아파트를 정리하고 7년 치 생활용품, 가구, 차까지 모든 걸 내놓고 배낭 하나만 달랑 메고 귀국했다.

귀국한 다음 주에 지금은 와세다의 큰 빌딩으로 이사한 국경없는의사회 사무실을 방문했다. 이력서는 귀국하기 전에 미리 제출했다. 그날, 면접을 보면서 왠지 모르게 합격하겠다는 확신이 들었다.

실제로 다음 날 바로 파견등록 허가가 떨어졌다.

국경없는의사회 간호사 시라카와 유코.

30년 전, 일곱 살의 어린 내가 동경하던 무대에 마침내 올라섰다. 이제야 겨우 내 인생의 본편이 시작된 것이다.

3장

병원은 전쟁터였다

—시리아 ①

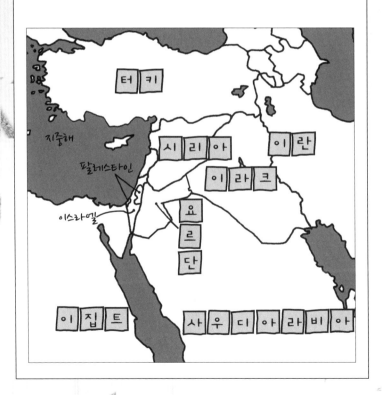

유서

2012년 8월 20일, 미디어가 일제히 소란스러웠다.

"일본인 저널리스트 야마모토 미카, 시리아에서 피살."

텔레비전도 신문도 이 뉴스를 대대적으로 보도했다. 텔레비전 카메라는 탱크와 소총으로 무장한 조직이 격렬하게 공격하는 생생한 영상을 내보냈다. 이 사건 이후 시리아는 내전이 벌어지는 위험한 나라라는 인식이 일본 사회에 뿌리박히게 되었다.

2주일 후에는 나도 이곳 시리아에 들어간다.

주변에서 끊임없이 문자가 오기 시작했다.

"지금 텔레비전에 나오는 시리아 말이야, 이번에 네가 간다고 한 곳 아니야?"

"시리아가 전쟁을 한다는데?"

"설마 이렇게 위험한 곳에 가려는 건 아니겠지?"

"가지 마!"

이전에 시리아는 독재정권하의 감시사회이긴 했지만 사람들은 자유롭게 거리를 돌아다녔고 생활수준과 교육수준이 높은 풍요로운 나라였다.

설마 시리아에서 내전이 시작되리라곤 당사자인 국민도 상상하지 못했을 것이다. 그런데 2011년 민주화 시위로 촉발된 소란이 순식간에 내전으로 비화했다. 국경없는의사회의 많은 동료 의사와 간호사들이 차례로 시리아로 달려갔다는 소식이 들려왔다.

그 무렵, 나는 국경없는의사회에 들어간 지 2년 남짓으로, 세 번째 파견지인 예멘에서 활동하고 있었다. 그래서 예멘에서의 활동이 막바지에 접어들던 2012년 8월, 시리아에서 파견 요청이 왔을 때는 '아, 드디어 올 것이 왔구나' 하는 심정이었다.

나는 주저하지 않고 승낙했다.

주변의 걱정하는 소리에도 아랑곳하지 않고 나는 딴생각에 빠져 있었다.

'시리아에 들어가기 전에 유서를 써야 할까……'

2010년 4월에 호주에서 돌아와, 그해에 국경없는의사회에 참여했다. 첫 파견지가 내전이 막 종결된 스리랑카로 결정되자 각종 계약서류와 함께 국경없는의사회의 티셔츠가 집에 도착했다.

티셔츠를 갈아입은 순간, 나는 기쁜 나머지 어린아이처럼 팔짝팔짝 뛰어올랐다. 30년 넘게 간직해왔던 꿈이 이루어졌다는 감격을 주체하지 못하고, 티셔츠를 입은 채로 밖으로 뛰쳐나갔다. 이 기쁨을 눈앞에 펼쳐진 하늘에 외치며 모두에게 전하고 싶었다.

스리랑카에서 8개월간의 활동을 마치고 인도적 구호활동의 세계에 무사히 데뷔했다. 호주 생활의 마지막 무렵에는 허무함을 느꼈는데, 국경없는의사회의 첫 파견을 마치자 등에 새로운 날개가 돋기라도 한 것처럼 전 세계를 날아다니고 싶은 마음이 불끈 솟아났다.

2011년에 두 번째 파견 요청을 받고 파키스탄에서 6개월간 활동했다. 오사마 빈 라덴(Osama bin Laden)이 암살된 직후여서 원래도 불안정했던 파키스탄의 정세는 한층 더 혼란스러웠다.

그중 내가 파견된 팀에서는 일곱 곳의 난민 캠프를 대상으로 임산부를 지원하는 활동을 했다. 이때 일본에서 유학자금을 모으기 위해 산부인과 병원에서 3년간 일했던 경험이 큰 도움이 되었다.

그리고 세 번째 파견지는 공중폭격과 총격이 끊이지 않는 예멘의 전쟁터였다. 파키스탄에서도 자살폭탄테러 등이 빈번하게 발생했으나 실제로 내전 중인 분쟁국은 예멘이 처음이었다.

예멘 파견을 포함해서 지금까지 유서를 써야겠다는 생각을 한 적은 한 번도 없었다. 하지만 텔레비전에서 야마모토 미카의 사건을 보도하는 것을 보고 그녀에게 일어난 참사가 내게도 일어날 수 있다는 생각이 들었다.

나는 국경없는의사회에서 함께 활동한 베테랑 외과의사인 다나베 야스시에게 전화를 걸었다. 그와는 지난달까지 예멘의 수술실에서 함께 일한 사이였다. 공중폭격과 총격으로 밤낮 없이 수많은 환자들이 실려 오는 정말 눈 뜨고 볼 수 없을 정도로 참혹한 현장이었다.

그는 나를 '전우'라고 불렀다. 이 무렵, 국경없는의사회에 일본인 직원이 적어서 일본인끼리 같은 활동지에 파견되는 일이 드물었다. 같은 모국어를 쓰는 동료와 일하는 것은 정말 운이 좋은 경우였다.

나는 경험이 풍부한 다나베에게서 '전상(戰傷)외과' 업무를 많이 배웠다. 근무 외에도 일본어로 많은 이야기를 나누며 개인적으로도 친하게 지냈다. 그에게 전화를 걸었다.

"선생님, 뉴스 봤어요? 저, 시리아에 가기 전에 유서를 써놓는 게 좋을까요?"

"음, 나라면 쓰지 않겠지만 유코가 쓰고 싶으면 써두세요. 무사히 돌아오면 폐기하면 되고."

나는 여러 가지로 생각해본 끝에 유서는 쓰지 않기로 했다. 정확히 말하면 실제로 종이와 펜을 테이블 위에 올려놓고 등을 곧게 펴고 앉았으나 내가 죽는다는 실감이 전혀 들지 않았다. 도대체 무엇을 쓰면 좋단 말인가? 아무 생각도 나지 않았다.

몰래 숨어서 하는 의료 활동

2012년 9월, 시리아로 출발했다.

시리아 내전의 발단은 시리아 남부의 다라라는 도시에서 '체제 타도'를 부르짖던 소년들의 낙서였다.

아사드 정권(바샤르 알 아사드, Bashar al-Assad)은 그 낙서의 범인으로 아직 열여섯 살밖에 안 된 소년들을 체포했다. 그 소년들은 무시무시한 고문을 받은 끝에 온몸이 상처투성이 시체가 되어 가족 곁으로 돌아왔다.

이 사건을 계기로 시리아 독재정권에 대한 시민의 분노가 시위로 발전했다.

중동 각국에서 거세게 일어났던 '아랍의 봄(Arab Spring. 2010년 말 튀니지에서 시작되어 아랍 중동 국가 및 북아프리카로 확산된 반정부 시위 운동 또는 혁명_역주)'이 그 움직임을 고무시켰다. 처음에는 청년들이 중심이 되어 혁명의 노래를 지으며 각지에서 시위하는 형태였다. 민중은 무기를 들지 않았다. 무기는커녕, 훗날 정권 측이 무기로 진압을 시작했을 때조차도 꽃과 물을 들고 이를 무장한 정부군에게 보내는 행진을 했을 정도다.

그런 자국민에게 시리아 정부는 총구를 겨누었다. 정부의 강경한 무장진압은 그 후에도 멈추지 않았고 결국에는 시민 측도 총을 들었다. 이렇게 해서 군에서 이반한 군인을 중심으로 '자유시리아군(Free Syrian Army, FSA)'이 탄생하고 정부와 자유시리아군 사이에 전투가 시작되었다.

그 무렵 시리아에서는 의료 활동을 하는 자체가 목숨을 건 일이었다. 같은 분쟁지라도 예멘과 비교하면 잘 알 수 있다. 예멘에서 우리는 중립을 지키며 인도적 지원을 한다는 사실을 정부, 각각의 분쟁 당사자, 각 지역사회와 협상하고 적극적으로 알리면서 활동했다.

지역주민도 우리에게 고마워했고 그러한 신뢰가 우리 신변의 안전을 보장해주었다.

직원이 활동할 때 착용하는 티셔츠와 이동 차량에 국경없는의사회의 로고를 넣었다. 병원에도 국경없는의사회의 깃발과 간판을 세워서 주변에 국경없는의사회가 의료 활동을 하고 있다는 걸 알리기 위해 노력했다.

그런데 시리아에서는 그런 활동이 아예 불가능하여 숨어서 활동하지 않으면 안 되었다. 의료 활동을 하는 곳이 공격의 타깃이 되었기 때문이다.

시위로 촉발된 시리아의 폭동은 정부 측이 시위를 일으킨 시민에게 총구를 겨눔으로써 내전으로 치달았다. 총격을 받은 시민이 병원에 실려 왔으나, 머지않아 정부 측에서 먼저 와서 병원에 검문을 펼치고는 그 자리에서 시위 참가자를 체포했다. 부상자를 치료하는 의사들마저 반역자를 치료했다는 죄목으로 체포했다.

결국 시민을 치료하지 못하게 병원 자체를 공격하는 바람에 생명을 구해야 하는 의료의 장이 전장이 되었다. 정치 신념과 관계없이 의료를 하는 것 자체가 목숨을 건 행위가 되어버렸다.

그래서 시리아 의사들은 대부분 체포되거나 살기 위해 국외로 도망쳤다. 정부가 지배하는 지역 병원은 정부 지지자만 수용하여 반체제파를 지지하는 지역 시민들은 정부의 검문을 피해 주변국에서 치료를 받는 경우도 드물지 않았다. 자력으로 국경을 넘어 치료를 받는 시민도 속출했다.

그러한 가운데 국내에 남은 시리아 의사들은 숨어서 의료 활동을 계속했다. 그들은 교외의 농장과 민가, 아파트 한쪽 방에서 치료하다가 발각될 것 같으면 장소를 다시 옮겨서 정부의 폭력으로 부상당한 시민을 계속 치료했다.

또 붕대와 약품 같은 의료물자를 넣은 배낭을 메고 포격을 당하고 있는 피난처를 찾는 의사도 있었다.

의사만이 아니라 약사와 치과의사 역시 시민을 구하는 활동에 동참했다.

그걸 알았을 때, 나는 온몸에 전율이 일었다. 생명의 위협을 받으며 병원이 없어져도 이에 굴하지 않고 의료 활동을 계속하는 시리아인 의사들에게 경외심이 들었다.

그들을 보며 나도 더 힘내겠다고 다짐했다.

무허가 입국

국경없는의사회는 중립을 지키는 비정부조직(NGO)으로서 시리아 내에서 활동할 수 있게 허가해달라고 아사드 정권에 요청했으나 아사드 정권은 이를 허락하지 않았다. 그래서 그때그때 정치 상황과 전황을 판단하면서 주변국을 통해 시리아로 들어갈 수밖에 없었다.

발각되면 불법 입국자로 체포당할 가능성도 있었다. 정부 측에 발각되어서는 안 된다는 긴장감 속에서 공격의 타깃이 되는 의료 활동을 해야 했기 때문에 압박감이 상상을 초월했다.

다른 시리아인 의사들과 마찬가지로 우리도 신분을 숨긴 채 몰래 의료 활동을 해야 했다. 입국 경로와 활동장소는 설령 부모일지라도 말해서는 안 된다고 신신당부를 받았다.

어느 날, 시리아 국내의 다른 장소에서 활동하던 국경없는의사회의 거점이 인터넷뉴스에 알려지자, 이튿날 바로 정부 측에서 폭격기로 공중폭격을 가했다. 정보가 어디에서 새어나갔는지는 아무도 모른다.

내가 도착한 곳은 올리브 밭이 끝도 없이 펼쳐진 시리아 북서부 이들리브 주의 어느 작은 마을이었다.

시리아에 입국하여 조용하고 평화로운 언덕을 몇 번이나 넘고 양과 산양, 소 떼를 스쳐 지나갔다. 이곳이 정말로 출발 전에 텔레비전에서 매일 봤던 시리아인가? 내전의 기미가 전혀 느껴지지 않았다.

이런 곳에 정말로 환자가 온다고?

야마모토 미카가 살해된 나라, 시리아에 왔다는 사실이 실감 나지 않았다.

국경없는의사회는 시리아 국내에서 이미 몇 군데 팀으로 갈라져 각자 다른 장소에서 활동을 시작했다. 동굴에서 활동하는 팀도 있었다. 내가 파견된 곳은 민가에서 활동하고 있었다.

우리는 활동장소를 말할 때 진짜 지명을 말하는 대신 각각의 코드네임으로 말한다.

내가 도착한 마을의 이름은 시타였고, 이 민가 병원을 시타 병원이라고 불렀다. 시타 병원은 밖에서 보면 평범한 민가였다. 국경없는의사회 간판도, 병원임을 알 수 있는 표시도 전혀 없었다. 그런데 문을 열고 안으로 들어가자 전혀 다른 광경이 펼쳐졌다. 먼저 정원이 응급실이었다.

침대 다섯 개가 나란히 놓여 있고 구급용 의료기구가 마련되어 있었다. 나중에 설치했는지 간이 지붕도 달려 있었다. 응급실이 된 정원을 지나 현관으로 들어가면 수술실, 회복실(마취상태에서 회복시켜주는 방), 소독실이 있었다. 이곳은 틀림없이 병원이었다.

2층에 있는 방 세 개는 입원실로 꾸며놨고 실제로 붕대를 감은 환자들이 침대에 누워 수액을 맞고 있었다.

방 세 개를 연결하는 복도는 간호사실이 되어, 책상에는 진료기록부가 일렬로 늘어서 있고 의약품과 의료물자를 관리하는 선반이 나란히 놓여 있었다. 좁은 장소였지만 허투루 쓰이는 데가 없었다.

가장 안쪽에 있는 네 번째 방이 사무실이었다. 사무실에는 긴 탁자가 ㄷ자 모양으로 놓여 있었고 컴퓨터 등의 기기를 비롯하여 갖가지 물자가 어지러이 널려 있었다.

응급환자를 수용하기 위해 서둘러 이 병원을 열었다는 것을 알 수 있었다.

피를 흘리며 실려 오는 시민들

시타에서는 총격 소리도 공중폭격 소리도 들리지 않았다. 이곳은 야마모토 미카가 살해된 알레포에서 수십 킬로미터 떨어진 지역에 있는 조용한 마을이었으나 그래도 환자는 찾아왔다.

이 민가는 한 시리아인 의사가 빌려준 것이다. 국경없는의사회가 의료 활동을 한다는 소식을 듣고 그가 협력을 제안했다고 한다. 하지만 국경없는의사회가 병원을 열었다는 사실을 홍보할 수는 없었다.

대신 그 의사가 격전지인 알레포에 들어가서 중상을 입은 환자를 국경없는의사회로 실어오는 역할을 했다. 그는 훗날 알레포에서 헬리콥터로 추적당한 끝에 총탄에 맞았고 우리에게 환자로 실려 왔다. 그는 팔에 총상을 입었고 운전사는 즉사, 동행했던 또 다른 의사도 중상을 입었다.

겨우 목숨을 건진 그는 그 일로 기가 죽기는커녕, 점점 더 권력에 맞서려는 의욕을 불태우는 듯이 보였다.

알레포에서 정부 측의 검문을 피하면서 시타 병원으로 가려면 반나절 가까이 걸린다. 그래도 연일 많은 환자가 치료를 받기 위해 실려 왔다.

처음에는 이곳이 정말 전쟁을 하고 있는 나라인지 의구심이 들었다. 하지만 실려 오는 환자의 모습을 보면 바로 답이 나왔다.

일반 시민이 머리에서, 팔에서, 배에서, 다리에서 피를 흘리며 고통에 몸부림치고 신음을 내면서 실려 왔다.

공중폭격과 포격 등 폭발 사고를 입은 피해자는 손과 발이 잘려 나가고 각종 파편이 몸에 박혔다. 평범하게 살아가던 일반 시민이 믿을 수 없는 모습으로 변했다.

이 무렵 정부 측은 반체제운동과 관계가 없는, 일반 시민에게도 총격을 가했다. 실려 오는 환자는 남녀노소를 불문하고 다양했다.

물론 전선에서 실려 오는 환자 중에는 병사의 모습을 한 사람도 있었고, 할아버지와 할머니, 임산부와 젖먹이도 있었다.

매트리스 한 장짜리 내 공간

우리 직원들은 민가를 개조한 병원의 베란다와 옥상에서 새우잠
을 자며 지냈다. 벽도 지붕도 없어서 생활소음과 말소리가 다 들렸
다. 나 같은 해외파견 직원은 총 여덟 명. 이에 더해 지역에서 고용
한 시리아인 직원 수십 명으로 병원을 24시간 운영했다.

시리아인은 각자의 집에서 다녔지만 우리 외국인 여덟 명은 병원
안에 있는 빈 장소를 찾아서 자는 수밖에 없었다.

주어진 것이라곤 매트리스 한 장과 모기장뿐. 그 매트리스 한 장
크기가 내 개인 공간이었다. 나는 베란다 구석을 내 방으로 정하고
모기장을 치고 그 주변에 옷가지와 스카프를 솜씨 좋게 걸어서 안이
보이지 않는 공간을 만들었다.

남이 보든 말든 활짝 열어젖힌 채로 지내도 아무렇지 않은 남자
직원은 내가 열심히 개인 공간을 꾸미는 모습을 보고 속으로 비웃
었을지도 모른다. 하지만 나는 자는 모습까지 보인다고 생각하니 영

마음이 편치가 않았다. 나에게는 나만의 공간을 갖는 것이 아주 중요했다.

잠시 따로 빌린 민가에서 지낸 적도 있었는데 그 후 직원이 늘어서 장소가 비좁아지자 결국 원래 있던 베란다로 돌아왔다.

베란다에서 지내다 보니 밤중에 응급환자가 실려 와도 바로 알 수 있었다. 환자는 대개 밴이나 픽업트럭의 짐칸에 실려 몇 명씩 한꺼번에 왔다.

경적과 함께 기세 좋게 도착하는 차, 그리고 수많은 사람이 왁자지껄 떠들어대는 목소리. 환자가 실려 올 때는 마치 전쟁이라도 일어난 듯이 소란스럽다.

베란다에서는 응급실이 내려다보인다. 응급의와 마취과 의사는 벌떡 일어나서 응급실로 달려가고 나는 외과의사와 둘이서 한동안 상태를 관찰한다. 이곳은 전체적인 상황을 파악하는 데 제격인 장소였다.

먼저 차에서 몇 명이 내리는지를 파악한다. 가령 이런 식이다. 첫 번째, 두 번째 환자가 들것에 실려 오고 세 번째 환자가 누군가의 도움을 받긴 하지만 걸어서 나온다. 네 번째 환자도 부상을 당했지만 스스로 걸을 수 있다. 그렇다면, 지금 수술실에 실려 올 가능성이 있는 사람은 처음에 들것에 실려 온 두 사람이겠지…… 이렇게 판단하는 것이다.

응급 환자가 오면, 나는 먼저 "어느 쪽이야?"라고 묻는다. "어느 쪽이야?"라는 질문은 '총상'인지 '폭상(爆傷, 폭격으로 입은 부상_역주)'인지를 묻는 것이다. 시타 병원에 실려 오는 환자들이 다치는 원인은 이 둘밖에 없었다. 총상과 폭상은 치료 방향이 다르다.

총상은 폭상과 달리 수술할 필요가 없는 경우도 있다. 골절의 유무와 부상 부위에 따라 다른데, 가령 탄환이 몸속에 들어갔어도 운 좋게 내장과 혈관, 뼈가 손상되지 않은 경우에는 긴급도가 낮아서 그보다 더 긴급한 환자의 치료에 나선다. 물론 그 한 발의 총탄을 어디에 맞았느냐에 따라 대수술이 될 수도 있고 생명을 잃게 될 수도 있다.

반면에 실려 온 환자가 공중폭격과 포격 등의 폭상을 당했다면 묻고 따질 필요 없이 바로 수술해야 한다.

폭상은 총상과 달라서 다친 부위도 많고 손상도 훨씬 심하다. 무수한 파편이 몸 안에 박힐 때도 많다. 그래서 한 환자를 수술하는 시간이 굉장히 길다.

공중폭격이 있으면 반드시라고 해도 좋을 정도로 여러 명이 한꺼번에 실려 온다. 게다가 한 명당 여러 번의 수술이 필수고 치유까지 오랜 시간이 걸린다. 그러다 보니 침대의 회전율도 나빠져서 신규 환자를 받지 못하고, 심하면 입원치료가 더 필요한 환자를 퇴원시켜서 침대를 비워야 했다.

원래 시타 병원에는 침상이 열다섯 개 정도 마련되어 있었는데 부족할 때는 바닥과 베란다에 매트를 깔고 환자를 누였다.

수많은 주민과 우리는 비행기에서 단추 한 번만 누르면 떨어지는 폭탄 한 개에 정신을 못 차리고 이리저리 휘둘렸다.

청년의 이름은 무스타파

전쟁이 벌어지는 분쟁지에서 구호활동을 할 때는 정신 상태를 건강하게 유지하기 위해 저마다 꽤 신경을 썼다. 격무 중에도 여가를 찾아서 스트레스를 해소하려고 바지런히 힘썼다.

가령 일을 마치고 저녁을 먹은 후, 시간을 내 영화 DVD를 보거나 요가를 했다. 기타를 칠 수 있는 직원이 있으면 다 함께 노래를 부르기도 했다.

크리스마스 때는 빈 깡통을 크리스마스트리 모양으로 만들어 벽에 붙이고 탄산음료를 샴페인 삼아 건배했다.

때로는 각자 자기 나라를 자랑할 요량으로 향토 요리를 선보였다. 밀은 어느 나라에서도 손쉽게 구할 수 있어서 나는 이따금 당근과 양파로 야채튀김을 만들었다. 된장국과 카레도 내가 자주 하는 요리였다. 내게 초밥을 신청하는 동료가 많았는데 그때마다 "좋아, 대신 싱싱한 생선을 잡아오면……"이라고 되받아치며 서로 깔깔대며 웃곤 했다.

분쟁지에서는 조금만 방심해도 정신이 피폐해졌다. 그래서 모두 이런 별거 아닌 오락거리라도 기획하여 마음이 매마르지 않도록 노력했다.

나는 간호 활동 책임자로서 직원의 마음 건강에 늘 주의를 기울였다.

2012년 당시, 시타 병원의 수술실에는 나와 두 명의 시리아인 간호사밖에 없었다. 이 인원으로 수술실을 꾸려나가기란 도저히 불가능했다.

수술실에는 전문 트레이닝을 받은 경험이 풍부한 간호사가 필요하다. 하지만 시타 같은 시골마을에서는 적당한 사람을 구하기가 어렵다. 수술실 경험이 풍부한 간호사는 더 말할 것도 없다. 어쩔 수 없이 그 마을에서는 결혼 후 퇴직한 간호사 출신 한 명을 구하고 나머지 한 명은 인근 마을에 사는 50대 남자를 고용했다.

그런데 이듬해인 2013년에 내가 다시 이 마을에 돌아왔을 때는 피난민이 대규모로 유입되면서 난민 캠프가 세워졌고, 그 안에는 대도시에서 경험을 쌓은 의료인이 넘쳐났다.

하지만 인재가 부족했던 2012년에는 어떻게든 방법을 찾아내서 수술실을 꾸려나가는 수밖에 없었다. 그래서 밤에 일손이 부족해지면 도움을 받기 위해 50대 약국 경영자와 의료 활동이라고는 전혀 해본 적이 없는 청년을 고용했다.

그의 이름은 무스타파. 장래 아라비아어 교사를 꿈꾸는 스물한 살의 청년으로, 알레포 대학에서 아라비아학을 공부하던 대학생이었다. 알레포는 야마모토 미카가 살해된 장소로, 그 당시에는 격전지였다. 무스타파는 시타 병원이 있는 이 마을 출신으로, 격렬한 전투에 휘말린 알레포에서 목숨만 겨우 건져서 이 마을로 돌아왔다.

함께 도망쳤던 그의 사촌은 무스타파의 눈앞에서 총에 맞아 죽었다고 한다. 그 자신도 왼손 엄지손가락 뿌리에 폭발로 날아온 조그만 파편이 박혀서 여전히 고통스러워하는 듯했다.

우리는 무스타파에게 수술실 물품과 기자재 준비, 의사와 간호사 보조업무를 전부 가르쳐주었다. 의료현장에서 일한 경험이 없는데도 그는 배운 걸 빠르게 흡수했다. 영어도 잘해서 소통하는 데 전혀 어려움이 없었다.

또 그는 집도 가깝고 독신이어서 긴급한 일이 생기면 근무 외 시간에도 바로 달려와 주었다. 그는 어느새 이 수술실에 없어서는 안 될 존재가 되었다. 다른 두 명의 간호사는 근무표대로 착실히 일해 주었으나 응급환자가 발생했을 때, 바로 출근하기는 어려웠다. 그래서 일손이 부족할 때는 다들 자연스럽게 무스타파에게 의지했다.

청년은 왜 총을 들까

입원 환자 중에는 반정부 세력의 전사가 된 청년도 있었다. 당시 나는 그런 시리아 청년들의 마음을 이해하고 싶었다.

얼마 전까지만 해도 자기 나라에서 내전이 일어날 줄 상상도 하지 못했던 시리아의 젊은이들은 이 전쟁을 어떻게 바라보고 있을까?

정부군은 배움의 터전인 알레포 대학도 총을 쏘며 무력으로 장악했다. 그래서 무스타파는 고향집이 있는 이 마을로 도망쳐서 지금은 전공이 아닌 의료 활동을 돕고 있다.

한편 정부군에 맞서 총을 든 청년도 있었다.

국민에게 먼저 총부리를 겨눈 것은 정부 측이었다. 비열하기 짝이 없는 정부의 행동에 일반 시민들은 분노했다. 그들은 결코 전쟁을 바라지 않았다. 실제로 지금까지 시민들은 비무장 상태로 반정부 시위를 계속해왔다. 그럼에도 총을 들 수밖에 없는 순간이 왔을 때, 그

심정이 어떠했을까?

무스타파처럼 가족과 친척, 친구 등 주변의 누군가가 희생되었던 것일까? 정부의 비인도적인 행위에 분개한 것일까? 아니면 자유를 쟁취하기 위한 정의의 행동이었을까? 그들은 총이 무섭지 않았을까? 사실은 총은 손도 대고 싶지 않았던 게 아닐까?

어쨌든 시민들은 결국 총을 들기로 했다.

2012년 9월의 일이다.

이곳에 온 이후로 쭉 침대에 엎드려서 지내는 청년이 있었다.

다리에 총을 맞고 큰 부상을 당해 들것에 실려 왔을 때부터 수술한 후까지 출혈이 심했고 그래서 여전히 안색이 나빴다. 원래 피부가 하얀 편인지도 모른다. 그는 왜소한 체격에 안경을 끼고 있었다.

어느 날, 그가 입을 열었다.

"난 약학을 전공했어요. 약사를 꿈꿨죠."

그렇게 말하고 그는 내 맞은편에 있는 창문으로 고개를 돌려 광대한 올리브 밭을 바라보았다. 그도 무스타파와 같은 알레포 대학의 학생이었다.

'그럼 그렇지' 하고 나는 생각했다. 척 보기에도 공부하기 좋아하는 우등생 같은 느낌이었다. 하지만 어느 순간 그는 내면의 어떤 변화를 느끼고 총을 들었다. 그리고 젊은 전사가 되어 전선에 나갔다가 그만 다리에 총을 맞았다.

상처가 나으면 그는 다시 총을 들까?

120

무스타파가 나에게 말했다.

"난 총 근처에는 얼씬도 하지 않을 거예요. 사실 저 친구도 나랑 같은 마음이겠죠. 쟤는 지금도 대학에서 공부하고 싶을 걸요. 나도 그래요. 대학에서 공부한 애들은 다 그래요. 총이 아니라 펜을 들고 싶죠. 자유를 빼앗긴 분노를 참을 수 없어서 총을 들었을 뿐이에요."

펜과 총. 이토록 어울리지 않는 단어의 조합이 있을까? 나는 지금까지 공부를 하는 데 어떤 것이 장애가 된 적이 한 번도 없었다. 굳이 있었다면 '하기 싫다', '어렵다', '너무 힘들다' 같은 나 자신의 태만한 태도와 변명뿐.

이날, 나는 안심하고 공부할 수 있는 일상을 되찾기 위해 총을 들고 싸우지 않으면 안 되는 세계가 존재한다는 것을 알았다.

사라지는 직원들

우리는 여전히 숨어서 의료 활동을 계속하면서 시리아인 직원들과는 정식으로 고용계약을 맺었다. 근무표를 작성하고 24시간 교대제로 운영했기 때문에 직원들이 근무표대로 잘 일해주기를 바랐다. 하지만 자주 지각하는 직원들이 있었다.

그건 내가 관리하는 수술실만이 아니라 응급실이나 병동도 마찬가지인 듯했다. 게다가 지각하는 직원은 날이 갈수록 늘어났다. 원인은 다양했다.

휘발유 가격이 급등해 자동차와 오토바이로 통근하는 것이 어려워지면서 직원들은 승합차를 타고 여러 명이 함께 통근하게 되었다. 또 정세 악화로 검문검색이 늘어나면서 그 과정에서 시간이 지체되기도 했다.

내가 시타에서 활동을 시작한 지 2개월이 지날 무렵부터 우리 주변에도 점점 전투의 그림자가 드리워지기 시작했다.

어느 날, 50대 남자 간호사가 반나절 늦게 출근했다. 그는 오토바이로 통근했는데 시타에서 50분 정도 걸리는 그의 마을에 공중폭격이 발생해서 제시간에 오지 못했다. 그 후, 그가 사는 마을에는 걸핏하면 비행기가 나타났다. 그는 근무 중에도 수시로 전화를 걸어 가족의 안부를 확인했다. 가족이 걱정된 나머지 조퇴할 때도 있었다.

마취과 간호사가 행방불명된 적도 있다. 할리드란 이름의 성실하고 우수한 청년으로 키가 크고 잘생긴 얼굴에 조용하고 수줍은 성격이었다. 얼마 전에 3일간 휴가를 받아 약혼식도 올렸다.

휴가를 마치고 출근한 그는 환하게 웃으며 약혼 기념으로 전통과자를 병원 직원들에게 돌렸다. 직원들도 축하해주었다. 그런데 행방불명이 되기 전, 그가 귀가 도중에 공중폭격에 휩쓸렸다는 사실이 뒤늦게 알려졌다. 소식이 끊기고 3일이 지나도 여전히 그의 행방을 알 수 없었다.

우리는 그가 어딘가의 병원에 실려 갔을 거라는 희망을 안고 여러 민간 구급대에 닥치는 대로 전화를 돌렸다. 그 결과, 한 의료기관에 실려 간 사실을 간신히 알아냈다.

그가 무사하다는 소식이 전해지자 몇몇 직원은 긴장이 풀려 그 자리에 털썩 주저앉았다. 나는 일손을 놓을 수는 없지만 안도하여 주저앉은 직원들을 가만히 내버려두었다.

몇 주가 지나고, 수술실에서 일하는 여자 간호사 파티마가 나를 손짓해서 불렀다.

"할리드가 왔어요. 밖에 있으니 가보세요."

그녀가 울면서 알려줬다.

나는 서둘러 할리드를 보러 마당으로 나갔으나 그가 보이지 않았다. 대신 검붉은 색 얼굴에 눈도 코도 입도 상처투성이인 키 큰 남자가 서 있었다. 한쪽 팔에는 골절용 삼각포를 메고 있었다. 설마 이 사람이 할리드란 말인가.

공중폭격이 있던 날, 그는 직격탄을 맞지는 않았으나 폭발할 때의 충격으로 타고 있던 오토바이와 함께 멀리 튕겨나갔다고 한다. 나는 그가 오른손을 부상당했다는 얘기밖에 듣지 못했는데 넘어질 때 땅바닥에 얼굴을 세게 부딪힌 모양이었다.

"괜찮아요? 아프진 않고?"

나는 놀랐다는 사실을 드러내서는 안 된다는 생각에 먼저 이렇게 물었다.

"네, 괜찮아요."

그는 고개를 끄덕였다. 나도 그 자리를 피해 파티마처럼 그저 울고 싶었다. 우리는 마당에 비치된 의자에 나란히 앉았다.

"무사해서 진심으로 기뻐요."

"고마워요."

"다시 일하러 와요."

하지만 그는 두 번 다시 우리 병원에 오지 않았다.

그의 혼담이 어떻게 되었는지 알지 못한다. 다만 그가 성형외과 수술을 받으러 인접국에 갈 계획을 잡았다는 소문을 들었다.

그로부터 한 달 후, 이번에는 병동에서 일하는 남자 간호사가 행방불명되었다. 그는 국경없는의사회의 근무 외에 민간 구급대원으로도 자원하여 일했던 모양이었다. 그즈음 그런 시민이 많았다.

피난민이 모이는 장소에 구급용 가방을 짊어지고 가서 다친 사람과 병든 사람을 치료해주는 간호사와 약사들. 이들이 있다는 소문은 나도 종종 들었다. 그 간호사는 구급차를 타고 전선까지 가서 피해자를 의료기관으로 실어 날랐다고 한다.

그러던 어느 날 밤, 부상자를 구출하기 위해 구급차를 타고 알레포의 전선으로 향했는데, 그 후 행방이 묘연해졌다. 1주일이 지나고 2주일이 지나고 한 달이 지났을 때, 우리는 다들 눈물을 흘리며 이제 그는 돌아오지 않겠구나 하고 결론을 내렸다.

출근할 직원이 시간에 맞춰 오지 않을 때마다 마음속으로 그저 단순한 지각이기를 빌었다. 그렇게 기도하는 것 외에는 달리 방법이 없었고, 그저 무력감만 느낄 뿐이었다.

4장

의료 활동으로는
전쟁을 멈출 수 없다

—시리아 ②

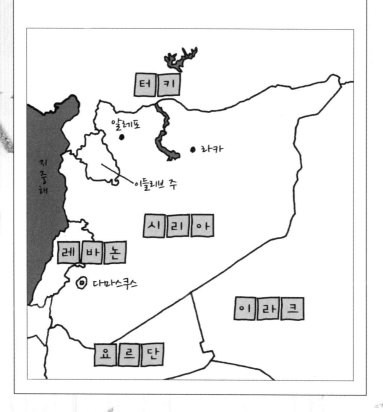

생명줄

국경없는의사회가 파견되는 현장에서는 수혈용 혈액을 수급하는 문제로 늘 골머리를 앓았다.

2011년에 파키스탄 난민 캠프에서 지내는 임산부를 지원했을 때도 산후 출혈에 대비한 수혈용 혈액 부족이 심각한 문제였다. 정부에서 관할하는 혈액중앙은행과 연대했으나 원래부터 만성적으로 수혈용 혈액 수급부족에 시달리던 터라 각 기관에 할당된 혈액으로는 필요한 양을 충당하기에 턱없이 부족했다.

산후에 어떤 원인으로 큰 출혈이 일어날 때가 있다. 그럴 때마다 긴급 수술을 하는 동시에, 수술실 밖에서는 병원장이 수혈용 혈액을 구하러 여러 기관에 전화를 걸어야 했다.

수혈을 해서 사는 목숨, 혈액을 구하지 못해 죽는 목숨. 내가 예멘에 파견되었던 당시 공중폭격을 당한 일곱 살짜리 소녀가 긴급 수술을 받은 적이 있다. 그때 기술적으로는 성공했으나 수혈을 하지 못해서 목숨을 구하지 못했다. 나를 포함하여 그 자리에 있던 외과의사, 마취과 의사, 마취 간호사 모두가 그때의 원통함을 잊지 못한다. 출혈량이 많은 경우, 수혈의 유무가 목숨을 좌우한다.

하지만 이곳 시리아의 현장에서는 그런 문제에 직면하지 않았다. 우리는 무허가로 의료 활동을 하는 신세였기 때문에, 시리아 정부가 관할하는 혈액중앙은행에는 아예 접근조차 하지 못했다. 그 대신 일반 시민들의 헌혈이 환자들의 생명을 구했다.

당시 우리는 민가에서 몰래 의료 활동을 벌이고 있었다. 이것이 입소문으로 퍼지며 자발적으로 헌혈하러 찾아오는 시민이 줄을 이었다. 그중에는 여성도 있었다. 그들의 염원이 생명줄이 되어 수많은 환자의 목숨을 구했다.

국경없는의사회는 결코 헌혈 캠페인을 하지 않았다. 헌혈은 시민의 자발적인 행동이었다.

내전이 심해지자 조용했던 이 마을에도 피난민의 모습이 하나둘씩 눈에 띄기 시작했다. 헌혈하러 온 것은 그들 피난민이었다.

당장 내일 끼니를 걱정해야 하는 상황에서도 타인의 목숨을 구하기 위해 행동에 나선 시리아의 평범함 사람들에게 나는 인간애를 느꼈다. 그들은 자신들이 살던 대도시의 격전지에서 목숨을 지키기 위해 이 마을로 와서 예배소, 학교, 옥외텐트 등에서 지내며 피난 생활을 하고 있었다. 그러는 사이 어디에서 조달한 것인지 알 수 없는 생활물자를 서로 사고파는 시장까지 생겨났다.

몰래 결혼하기로 한 두 사람

시리아 시타의 국경없는의사회 병원에서는 무스타파 외에도 많은 시리아 청년들이 일하고 있었다. 그중 한 명인 무함마드는 환자용 시트, 수술실에서 쓰는 리넨, 수술복을 세탁하는 일을 했다.

내가 이 원고를 쓰는 현재, 그가 국외의 안전한 장소에 있다는 정보를 들었으니 그의 본명을 밝힌다.

사실 나는 그를 무함마드가 아니라 '아오모리'라고 불렀다. 무함마드란 이름을 가진 직원이 너무 많아서 그의 이름인 Aomouri(아모우리)를 변형해서 내 멋대로 별명을 붙였다. 그도 그 일본어 별명을 아주 마음에 들어 했다.

세탁은 위생관리상 중요한 일이라 내가 직접 지도했으므로 아오모리와는 이야기할 기회가 많았다.

내전이 발발했을 때, 그는 이들리브 주 고등학교 3학년으로 졸업을 앞두고 있었다. 어쩔 수 없이 학교는 운영을 멈추고 건물은 피난민을 위한 장소가 되었다. 이들리브 주에도 알레포처럼 격전지가 몇 군데나 있었다.

어느 날, 아오모리가 스마트폰에 있는 사진을 보여주었다. 한 소녀의 사진이었다. 자신이 사귀는 여자친구라고 했다. 하지만 절대 비밀로 해달라며 진지하게 입단속을 시켰다.

왜냐하면 그녀는 알라위 출신이었기 때문이다. 아사드 대통령의 출신 종파인 알라위파는 이슬람교의 소수파임에도 정권의 요직을 차지하고 있었다. 시리아가 정부 측과 반정부 측으로 나뉘어 내전을 시작하던 당시, 아사드 정권과 함께 알라위파도 반정부 측에는 증오의 대상이었다.

아오모리는 국민의 다수를 차지하는 수니파 출신이었으나 그와 여자친구의 관계에서 종파의 차이는 사소한 문제였다.

국경없는의사회는 중립을 지키기 때문에 단체는 물론 나 자신도 시리아 국내의 종파 대립에 전혀 관여하지 않았다. 아오모리가 경계했던 것은 당시 마을의 분위기였다.

원래 마을에서는 전쟁에 관여하기를 꺼리는 사람들도 있었으리라 생각한다. 하지만 정부군의 공격에 쫓겨 도망치는 시민이 늘어나는 사이에 자연히 반정부 의식이 높아지고 자유시리아군의 깃발을 단 차량과 총을 든 병사들이 눈에 띄게 늘어났다.

아오모리와 그의 여자친구는 같은 고등학교에 다녔다. 그는 친구들과 교실에서 찍은 사진을 여러 장 보여줬는데 일본의 고등학생과 별반 다르지 않았다. 아오모리와 그의 여자친구, 같은 반 친구들의 자유로운 학교생활이 사진 너머로 느껴졌다.

아오모리는 여자친구와 터키에 가서 결혼할 거라고 내게 털어놓았다. 부모에게는 여자친구에 대해서 말하지 않을 거라고 했다. 나는 그의 의견에 반대했다. 꼭 사랑의 도피 같지 않은가.

부모에게 다 말하고 정식으로 혼인신고를 하라고 설득했으나 그는 현재 시리아의 상황에서 그녀와 당당히 결혼하는 건 불가능하다고 주장했다.

나는 조금만 기다리면 머지않아 이 전쟁이 끝나리라고 생각했다. 3개월 후? 아니면 6개월? 어쨌든 전쟁이 끝나면 한동안은 혼란스럽겠지만 결혼을 가로막을 장애는 사라질 것이다. 그래서 일단 전쟁이 끝나기를 기다렸다가 둘이서 정착하면 좋지 않느냐고 말했다.

그 당시에는 설마 이 전쟁이 2018년 현재까지 계속되리라고 누구도 예상하지 못했다. 실제로 국제정세에 밝은 지인들도 당시 나와 비슷한 생각을 했다.

하지만 실제로 그 땅에 살았고, 특히 내전의 발단부터 모든 걸 지켜봤던 아오모리는 그런 낙관적인 미래를 느끼지 않은 듯했다.

한번은 그의 여자친구가 몰래 병원에 찾아왔다. 아오모리는 다른 사람들 모르게 나와 그녀를 인사시켜주었다. 그녀는 조만간 먼저 터키에 사는 지인을 찾아가 잠시 몸을 의탁한 후, 그곳에서 아오모리를 기다릴 거라고 했다.

그 계획은 젊은 혈기에서 비롯된 무모한 행동인가, 아니면 전쟁이라는 혼란 속에서 사랑을 관철하려는 아름다운 인생 계획인가?

나는 그들의 마음을 잘 이해할 수 없었지만 웃으며 두 사람을 축복했다.

내가 시리아에 머물던 동안에는 아오모리가 세탁 일을 그만두지 않았고, 터키로 건너가지도 않았다. 그 후 두 사람이 어떻게 되었는지 내내 궁금했는데 귀국하고 이 원고를 쓸 때까지 그와 연락을 하지 못했다.

아오모리만이 아니라 무스타파를 포함하여 그 당시 함께 일했던 시리아인들에게 내가 먼저 연락해본 적은 거의 없다. 그 이유는 점점 악화되는 시리아 정세를 보도로 접할 때마다 그들의 고통이 손에 잡힐 듯이 느껴졌기 때문이다. 깊이 교류하던 그들로부터 고통스러운 이야기를 듣는 것이 무서웠다.

만약에 연락을 주고받다가 도중에 소식이 끊어진다면 얼마나 마음을 조일지 생각하다 보니, 시리아 친구들에게 차마 연락하지 못하게 되었다.

마음속으로나마 그들이 무사하기를, 그리고 늘 평온하게 생활하기를 빈다.

국경에서 목숨을 잃은 소녀

국경없는의사회 활동을 하다 보면 국경이 장애가 되는 현실을 직면할 때가 많다.

시타 병원에서 일하던 우리는 어느 날 중대한 결정을 내려야 했다. 두 살배기 소녀를 치료할 때였다. 그 자그마한 몸에 몇 번이나 수술을 하는 동안에, 다친 곳은 나아졌지만 소녀의 몸이 약해지고 말았다.

국경없는의사회 활동을 하는 동안에 '아, 이 환자를 일본으로 실어 나를 수만 있다면……' 하는 생각을 얼마나 자주 했던가. 하지만 이는 도저히 이뤄질 수 없는 일이다.

그 당시에도 만약 병원에 집중치료실이 존재하거나, 혹은 소아전문 의사가 있었더라면 아이의 예후가 훨씬 좋을 것이라고 생각했다. 수술도 중요하지만 환자가 회복하는 과정에서 받는 수술 후 관리도 그 못지않게 중요하기 때문이다.

전투가 계속되는 분쟁지에서 의료 활동을 할 때 생기는 문제점 중 하나는 동시에 많은 직원을 파견하기가 어렵다는 점이다. 의료 활동 이상으로 고려하지 않으면 안 되는 것이 안전관리이기 때문이다.

현지에 파견하는 직원을 한 명이라도 줄이고 싶은 것이 안전을 관리하는 사람의 생각이다. 파견 직원이 한 명이라도 많아지면 그에 비례해 위험도가 높아진다. 그래서 현지 직원을 많이 고용하고, 해외파견 직원을 줄이는 것을 이상적으로 여긴다. 단, 현지에서 직원을 고용하는 일은 그렇게 녹록하지가 않다.

수술 후의 회복실을 포함하여 병동에서 시술 이후의 관리를 담당할 수 있는 의사가 한 명만 더 있어도 시타 병원의 상황은 훨씬 좋아졌을 것이다.

하지만 그럴 수 없는 현실 속에서 우리는 사흘에 한 번꼴로 약해질 대로 약해진 소녀의 자그마한 몸에 마취약을 주입하면서 수술을 반복했다. 사실 엄청나게 위험한 작업이었다. 그렇다고 다친 곳을 치료하지 않을 수도 없는 노릇이었다.

우리는 계속 고민했다. 그 아이를 이웃 나라에 보내야 할지 말지를. 인접국에서는 전투가 없었기에 가기만 한다면 틀림없이 설비를 갖춘 병원에서 치료받을 수 있다.

이럭저럭 하는 사이에 아이의 호흡상태가 나빠졌다. 호흡이 언제 멈출지 알 수 없었다. 시타 병원에는 인공호흡기가 한 대 있었지만 그것은 수술받는 환자가 써야 했다. 앞으로 수술받을 다른 많은 환자를 위해서라도 그 한 대를 그 아이 한 명에게 쓸 수는 없었다.

분쟁지에서는 이상적인 치료란 존재하지 않는다. 현장에 오면 그런 생각은 보기 좋게 깨진다. 턱없이 부족한 의약품과 물자, 인력, 그리고 설비가 갖춰지지 않은 환경. 분쟁지에서는 이상과 거리가 먼 현실을 받아들이지 않으면 안 된다.

그러면 우리는 무엇을 좇아야 하는가? 바로 그런 한계 상황에서 최선의 의료를 환자에게 제공하는 것만이 우리가 할 수 있는 일이다. 때로는 죽지 않아도 될 환자의 죽음조차 받아들이지 않으면 안 된다.

국경을 넘어 환자를 실어 나른다는 결단은, 분쟁지 의료 활동의 관행을 깨부수는 일이었다. 하늘에 운을 맡기는 일종의 도박이기도 했다.

국경은 그리 멀지 않은 장소에 있었다. 그 너머에는 큰 병원이 몇 군데나 있었다.

정상적인 절차로 국경을 넘는 것은 아니지만 통과시켜줄 것이라는 몇 가지 긍정적인 신호도 있었다. 게다가 구급차라면 더욱 통과시켜주지 않을까?

우리는 민간 구급차를 수배한 뒤 시리아인 간호사 한 명을 붙여서 그 아이를 실어 보냈다. 이 소녀는 이미 산소 없이는 호흡을 유지할 수 없는 상태였다. 산소통을 구급차에 싣고, 이동하는 중에도 아이에게 산소를 공급할 수 있게 했다.

분쟁지에서는 산소호흡기를 보유해서는 안 된다는 철칙이 있다.

만에 하나, 공격으로 산소에 불이 붙으면 폭발하기 때문이다.

그래서 전원이 공급되는 실내에서는 공기를 압축하여 적정한 농도의 산소를 공급할 수 있는 기계를 사용한다. 하지만 전력이 불안정한 곳이 많아서 그 기계를 쓰지 못할 때가 있다. 그럴 때는 어쩔 수 없이 산소호흡기에 의지해야 한다. 그 무렵 시타 병원도 자주 정전이 되어 규정을 어기고 산소통을 몰래 보유하고 있었다.

한 시간쯤 후에는 도착할까? 우리는 초조하게 기다렸다.

구급차가 돌아온 것은 세 시간 후였다. 차 안에는 숨을 거둔 소녀의 시체가 있었다.

소녀는 국경을 통과하지 못했다. 인접국 측의 국경 경비가 강화되면서 구급차를 통과시켜주지 않았다고 한다.

소녀를 따라갔던 시리아인 간호사가 두 시간가량 끈질기게 실랑이를 벌이는 사이에 소녀의 호흡이 멈췄다.

"국경이, 생사의 갈림길이어서는 안 된다"라는 것이 국경없는의사회의 정신 중 하나이다. 그런데 이 아이는 바로 국경이 생명의 갈림길이 되었다.

이 아이의 죽음도 분쟁지 의료 활동의 한계라고 받아들여야 하는 것일까? 이런 현실을 받아들이려면 인간으로서의 마음을 일정 부분 마비시키지 않으면 안 되는 것이리라.

폭탄이 떨어지다

시타 마을을 국경없는의사회의 활동장소로 선택한 이유는 안전 면에서 좋은 평가를 받았기 때문이다. 전황은 유동적이었다. 그래도 지리적으로 시타가 전쟁에 휘말린다는 것은 생각하기 어려웠다.

그 무렵 시리아에서는 하늘에 비행기가 보이면 백 퍼센트 정부군의 폭격기였다.

2012년 7월까지만 해도 알레포 국제공항과 다마스쿠스에서는 국제편을 운행했다. 하지만 그 후 시리아 상공에는 국내선을 포함하여 여객기가 거의 자취를 감췄다. 대신 사람의 목숨을 앗아가는 무기를 실은 폭격기가 날게 되었다.

다만, 그런 폭격기가 이 마을에 모습을 드러내는 일은 절대 없으리라고 예측했다. 국경에 가까운 상공에 폭격기를 띄우면 인접국의 군대가 가만히 있지 않을 것이다. 시타 병원은 우리 의료진은 물론, 환자들도 안심하고 치료받을 수 있는 장소였다.

구름 한 점 없이 맑고 화창했던 11월, 정오가 조금 지났을 무렵이었다. 누구도 경계를 하지 않았다. 예고도, 징조도 없었다. 그 '소리'를 들었을 때, 나는 마침 2층 병동에서 1층 수술실로 가기 위해 계단을 내려가고 있었다.

'이건 비행기 소리 아닌가?' 나는 즉시 계단 창문에서 상공을 바라보았으나 '설마 그럴 리가 없지'라고 마음을 고쳐먹고 다시 계단을 내려가기 시작했다

그 순간, 굉음이 병원 전체를 뒤덮었다.

나는 수술실로 황급히 뛰어 내려갔다. 수술 중이던 프랑스인 외과의, 같은 프랑스인 여자 마취과의, 그리고 시리아인 간호사를 향해, "비행기가 날고 있어요!"라고 소리쳤다. 그곳에는 무스타파도 있었다.

나는 수술실 문을 다시 열고 상황을 엿보았다. 입원 환자와 간병하는 가족들이 어쩔 줄 몰라 하며 우왕좌왕 2층 병실에서 1층으로 내려오려고 했다.

나도 마음 같아서는 병원을 뛰쳐나가는 환자들처럼 병원을 나가고 싶었다. 어떻게 하면 좋을까? 그 자리에 있는 게 나뿐이었다면 나는 틀림없이 병원을 뛰쳐나갔을 것이다. 하지만 우리에게는 움직이지 못하는 환자들이 있었다.

시리아를 출발하기 전부터 이런 사태가 발생했을 때 어떤 판단을 할 것인가 고민했다. 위험하리란 것을 충분히 알고 출발했다. 공중 폭격과 총격전, 납치를 당할 경우에 적절히 행동하고 대응할 수 있게 시뮬레이션을 하고 훈련도 받았다.

그런데 '환자와 함께 있는 경우'에는 어떤 행동을 하면 좋을까?

아무리 훈련을 해도 실제 현장에서는 예기치 못한 사태가 발생한다. 그러한 경우, 리더의 판단에 따르는 수밖에 없다.

"철수!"

수술실 문이 기세 좋게 열렸다. 프랑스인 여자 팀 리더였다. 그녀는 그 말만 하고는 다시 총총걸음으로 사라졌다.

나는 변함없이 수술에 열중하고 있는 프랑스인 외과의와 마취과의에게 철수 명령을 알렸으나 둘 다 반응이 없었다.

그 순간, 엄청난 진동이 일어났다 정말 폭탄이 떨어진 것이다.

나는 반사적으로 수술 준비대를 붙잡고 고개를 숙이며 몸을 웅크렸다. 지축이 심하게 흔들렸다. 심장이 터지는 것 같았다.

잠시 진동이 잠잠해지자 나는 고개를 들었다. 그때 내가 본 것은 표정 하나 변하지 않고 수술을 계속 하고 있는 외과의와 마취과의였다. 그들은 아무 일도 없었던 것처럼 하던 일을 하고 있었다.

'이 사람들은 폭탄 따위에는 꿈쩍도 하지 않는구나.'

냉정했던 것은 이 두 사람만이 아니었다. 무스타파도, 다른 시리아인 간호사도 마찬가지였다. 무스타파는 나에게 이렇게 말했다.

"진정해요. 이 폭탄으로 유코가 죽으면 나도 죽을 테니까. 난 겁나지 않아요. 그러니까 유코도 겁내지 마요."

다시 강한 진동과 함께 지축이 흔들렸다.

철수할 수 없다

다시 팀 리더가 찾아왔다.

"유코! 수술실 상황은 어때? 철수할 수 있겠어?"

팀 리더는 휴대전화로 누군가와 통화하고 있는 듯 휴대전화를 한쪽 귀에 댄 채로 내게 말을 걸었다. 상대는 아마 본부일 것이다. 철수는 본부의 명령임이 틀림없었다.

"무리야! 지금 이 수술을 마치면 바로 다음 환자를 수술해야 해. 못해도 3시간은 걸릴 거야."

그렇다. 그날은 이들리브에서 공중폭격 피해를 당한 환자들이 들어와서, 예정된 수술을 중지하고 그 사이에 긴급 수술을 하는 중이었다. 새로 온 환자는 대퇴부 출혈이 심했다. 같은 이들리브에서 실려 온 환자도 수술을 기다리고 있었다. 응급의가 수혈을 포함해 각종 처치를 하여 겨우 목숨을 건졌으나 한시라도 빨리 수술을 해야 했다.

나는 그 환자의 상태를 보러 응급실로 갔다. 50대가량의 남자로 수혈과 수액을 위해 몸에 여러 개의 튜브가 연결되어 있었다. 의식이 몽롱한 상태였다. 강력한 진통제를 맞았는지도 모른다.

그 곁에 초로의 남성이 구부정한 자세로 힘없이 앉아 있었다. 그 환자의 형이라고 했다. 그가 나를 쳐다보았다. 그와 눈이 마주쳤을 때, 그가 느끼는 불안이 모조리 내게 전해졌다. 그의 동생은 공중폭격으로 부상당하고 생사를 헤맨 끝에 겨우 병원에 도착했다. 듣자하니 5시간이나 걸렸다고 한다.

이 병원에 도착했을 때, 이제 동생은 살았다고 생각했을 것이다. 그런데 도착하자마자 공습기가 출현한 것이다. 그는 불안해서 견딜 수 없었을 것이다.

나는 이 환자와 그 형을 남기고 절대로 철수할 수가 없었다.

나중에 들었는데 폭탄은 여섯 발 떨어졌다고 한다. 정부 측에서 우리의 존재를 인식하고 있다고 해도 조금도 이상하지 않았다. 상공에서 보면 구급차가 정차해 있고, 옥상에서 수많은 침대 시트를 햇볕에 말리고 있었으니 표적도 명확했을 것이다.

그런데 그 여섯 발의 폭탄은 병원에 하나도 맞지 않았고 전부 병원 주변 도로에 떨어졌다. 기적이라고 해야 할까. 부상자는 한 사람도 나오지 않았다.

폭탄을 떨어뜨린 쪽의 솜씨가 나빴다고 말하는 사람도 있는가 하면, 정부군에서 경고를 보낸 거라는 견해를 밝히는 사람도 있었다.

진상은 여전히 오리무중이다.

결국, 팀 리더는 우리에게 이들리브의 50대 환자의 수술을 허락했다. 수술을 마친 후 팀 리더와 의사 세 명만 현장에 남고 우리를 포함한 몇몇은 이웃 나라로 철수했다.

비행기는 여섯 발의 폭탄을 떨어트린 후, 다시는 돌아오지 않았다. 이틀 후에는 나를 제외한 전원이 현장으로 돌아와 일상 업무를 시작했다.

그날은 마침 내가 임무를 마치는 날이기도 했다. 인접국에 머물 수 있는 비자 기한이 끝나서 나는 그대로 귀국했다.

내가 다시 이 나라에 돌아온 것은 이날로부터 약 반년이 지나서였다. 피난민들로 평화로웠던 마을은 훗날 IS가 된 그룹을 포함한 많은 무장집단으로 뒤덮여 있었다.

2012년 11월 마지막 날, 나는 약 3개월간 일했던 시타 병원을 떠났다. 이때부터 내 마음속에는 한 가지 생각이 자리 잡았다.

저널리스트가 되고 싶다.

그것은 곧, 간호사를 그만둔다는 뜻이었다. 간호사는 내 천직이다. 내 마음의 소리를 들은 고등학교 3학년이던 어느 날부터 간호사가 되겠다는 바람 하나로 살아왔다. 간호사가 될 수 있어서 기뻤고, 환자의 회복을 지켜보는 순간 나는 늘 행복했다.

하지만 나는 다음 날도, 그다음 날도 빈사 상태로 실려 오는 환자가 끊이지 않는 시리아에서 너무나 비참한 현실을 마주했다. 수술

하나가 끝나고 생명 하나를 구해도 거기서 끝이 아니었다. 사경을 헤매는 또 다른 환자가 수술을 기다리고 있었다. 3개월간, 그것의 반복이었다.

병원으로 실려 오는 환자의 유혈을 보면서, 환자의 신음과 가족의 울부짖는 소리를 듣는 일상을 보내는 동안에, 이 흐름을 멈추려면 공중폭격을 멈추게 해야 한다는 생각이 들었다. 전쟁이 끝나지 않는 한, 환자는 끊이지 않고 나온다.

나는 화가 났다. 왜, 어째서, 이런 비인도적인 비극이 일어나는 것일까? 시민들의 유혈을, 고통을, 외침을, 공포를, 세계는 알고 있는 것일까? 이 전쟁을 멈출 자는 정녕 없는 것일까?

나는 나 자신에게도 화가 났다. 간호사로서 일하는 동안에는 전쟁을 멈출 수 없다. 그런 안타까움이 나 자신을 몰아붙였다.

나는 두 눈으로 똑똑히 목격한 전쟁의 공포와 어리석음을 많은 사람에게 알리고 싶었다.

그렇게 저널리스트라는 별세계에 대한 관심이 마음속에 싹트기 시작했다.

저널리스트에게 퇴짜 맞다

나는 간호사와 국경없는의사회라는 두 개의 꿈을 버리고 전쟁에 대한 분노와 그것을 멈추게 하고 싶다는 생각만으로 저널리스트가 되기로 결심했다.

무엇을 공부하고 어떤 길을 걸어가면 저널리스트가 될 수 있는지는 몰랐다. 그래도 내 결심은 확고했다.

구체적인 조언을 듣고 싶어서 실제 저널리스트를 찾아가 상담하기도 했다. 저널리스트가 되기 위해 구체적으로 어떻게 하면 좋은지 조언을 듣고 싶었다.

그런데 이렇게 중대한 결심을 했는데도 아무도 나를 상대해주지 않았다.

"저널리스트가 된다고 해서 전쟁을 멈출 수는 없어."

"그 일은 우리가 열심히 할 테니까 맡겨둬."

"당신, 간호사라며? 그러면 지금 이러고 있지 말고 현장으로 돌아가서 사람 생명이나 구해."

내가 전혀 예상하지 못한 반응이었다. 진지하게 저널리스트가 되기 위해 고민하던 나는 바보 취급을 당했다고 생각했다.

결국 나는 저널리스트가 되기 위한 길을 찾지 못하고 인생의 길목에서 방향을 잃어버린 사람처럼 한동안 의기소침하게 지냈다.

지금 생각하면 저널리스트들에게 바보 취급을 당했다는 것은 내 오해이며, 일종의 자격지심이었다. 그들은 내가 정말로 그럴 마음이 있는지 확인하려고 했던 것이다. 저널리스트도 국경없는의사회의 간호사만큼 상당한 각오가 필요하고 전문성을 갖추기 위해 오랜 시간 준비해야 하는 일이기 때문이다. 그때는 그걸 몰랐다.

그로부터 반년 후인 2013년 6월, 나는 다시 시리아 땅을 밟았다. 그리고 간호사로서 다시 이 나라에 돌아온 운명에 감사하게 된다.

마을은 달라졌다

그사이에 시리아는 완전히 달라져 있었다. 먼저 국경 부근에 형성된 난민 캠프가 이제 하나의 마을을 형성하듯 거대해졌다. 식음료와 의료품 등을 파는 시장까지 생겼다.

무엇보다 놀란 것은 무기를 소지한 병사와 무장차량의 수였다.

무장하고 모인 집단은 시민 출신의 아마추어 병사들인 자유시리아군과는 달랐다. 그들은 전문가다운 분위기를 풍겼다. 외국인 조직들도 있는 모양이었다. 바로 이슬람 과격파 조직이었다.

나는 이번 입국 전에 한 저널리스트에게 이런 조언을 들었다.

"음, 진짜 있을 거라고 생각하지는 않지만 혹시 이번 활동지에서 이런 깃발을 발견하면 당장 귀국해. 그건 굉장히 위험하니까."

그가 스마트폰으로 보여준 사진에는 검은색 바탕에 흰색의 아라비아 글자가 들어간 깃발이 찍혀 있었다. 그는 시리아에 몇 번이나 들어가서 내전 상황을 취재한 베테랑 기자였다.

그는 "혹시 발견하면"이라는 표현을 썼는데, 나는 시리아에 입국하고 나서 시타 마을에 도착할 때까지 그 깃발을 여러 곳에서 마주쳤다. 그것은 이슬람 과격파들의 깃발로 그들의 일부가 나중에 IS가 된다.

더 놀란 것은 시타 병원에 가까워질수록 이슬람 과격파의 수가 점점 더 많아졌다는 것이다. 그 당시에 마을에만 열한 개의 각각 다른 이슬람 과격파가 들어와 있었다.

시타 병원도 완전히 달라져 있었다. 직원 수는 늘었다.

여자는 모두 아바야라 불리는 검은 망토처럼 생긴 상의를 착용하여 전신의 피부를 가렸고 얼굴은 니캅이라는 천으로 눈을 제외하고 전부 가렸다. 전에는 이 마을에서 그런 차림을 한 여자를 본 적이 없었다. 이는 이슬람 과격파 조직의 영향이었다.

무스타파는 변함없이 수술실에서 열심히 일하고 있었다. 수술실 간호사의 수도 늘어서 그의 부담도 조금은 덜어진 모양이었다.

한편 실려 오는 환자는 여전히 심각한 상태였다. 전쟁이 멈추기는커녕 더 심해졌다. 정부와 반정부 조직 사이의 내전인데 외국에서 무장세력까지 들어와서 사태가 더욱 복잡해졌다.

이 전쟁은 어디로 가고 있는 것일까?

그 방향이 어디든 눈물을 흘리는 것은 전쟁에 전혀 가담하지 않은 일반 시민이었다.

간호사라서 볼 수 있었던 웃음

나는 수술실 간호사장이었으나 수술실뿐만 아니라 병동에도 자주 얼굴을 내밀어서 일부러 환자와 접할 기회를 만들었다.

나는 평소 환자를 한 '개인'으로서 보겠다고 다짐했다. 그것은 이곳 시타에 와서도 마찬가지였다.

단체로 실려 오는 환자를 많은 사람들 중의 하나로 대하고 싶지 않았다. 거기에는 살아 있는 인간이 있고, 각자 이름이 있고, 또 각자 고유한 인생의 역사가 있다. 병동에서는 환자의 이름을 부르고 아라비아어로 말을 걸고 손을 잡았다.

그중에 열일곱 살 소녀가 있었다. 그녀도 공중폭격의 피해자였다. 전쟁이 시작되기 전까지는 고등학교에 다니던 평범한 소녀였다. 그 소녀는 두 발을 다쳐 다시는 걸을 수 없게 되었다. 양쪽 발뒤꿈치 뼈가 전부 뭉개졌고 그 주변의 피부는 감염되어 이를 치료하기 위해 사흘에 한 번꼴로 수술실로 실려 왔다.

소녀는 실의에 빠져 내가 말을 걸거나 손을 잡아줘도 전혀 반응을 보이지 않았다. 다친 부위의 통증이 상당했을 것이다. 그리고 마음의 상처, 공중폭격을 받았을 때의 공포, 장래에 대한 불안, 슬픔과 분노, 증오의 감정도 느꼈을지 모른다.

그래도 나는 계속 그녀에게 말을 걸고 손을 잡아주었다. 나는 이 무렵, 아라비아어를 조금씩 말할 수 있게 되었다.

그 소녀가 입원하고 한 달쯤 지났을 때였다. 어느 날, 나는 그녀에게 함께 사진을 찍자고 말했다.

3개월의 활동기간이 끝나서 다음 날 나는 시타를 떠나야 했다. 내 일부터는 그 소녀에게 말을 걸고 싶어도, 손을 잡고 싶어도 할 수가 없었다. 소녀에게 그 사실을 알렸다. 이때만 해도 그녀는 여전히 고개를 숙인 채 무표정한 얼굴이었다.

하지만 카메라 셔터를 눌러달라고 부탁한 시리아인 간호사 소년이 있어서 다행이었다. 그 소년은 소탈하고 익살맞은 성격으로 어떻게든 나를 위해 좋은 사진을 찍어보겠다고 우스꽝스러운 표정을 지으며 몇 번이나 소녀를 웃게 하려고 애썼다.

그리고 마침내 그 소녀가 웃었다.

그것도 살짝 미소 짓는 게 아니라 활짝 웃었다.

나는 엉겁결에 그 소녀를 끌어안았다. 간호사로 돌아오기를 정말로 잘했다. 저널리스트가 되었다면 이 아이가 웃는 모습은 보지 못했을 것이다. 간호사라서 그 소녀의 사랑스러운 웃음을 볼 수 있었다. 간호사가 아니었다면 볼 수 없었을 것이다.

그 소녀의 싸움은 이제부터가 시작이다. 퇴원을 해도 걸을 수 없는 그녀에게는 가혹한 세계가 기다리고 있다. 그럴 때, 나와 같은 외국에서 온 간호사가 매일 손을 잡고 말을 걸어주었다고 추억하는 것만으로 앞으로 그녀에게 위로가 될 수 있기를 바랐다.

나는 전쟁을 멈추고 싶어서 저널리스트가 되고 싶었다. 하지만 이 소녀와 만나고 나서 간호사로서 고통에 신음하는 환자 곁에 있어주는 일의 의미에 대해 생각하게 되었다. 그들 곁에 함께 있는 것 자체만으로도 그들의 부정적인 감정을 덜어주고 증오와 새로운 전쟁의 확산을 막는 데 아주 조금이라도 역할을 할 수 있지 않을까?

전쟁 피해자들의 고통을 전부 이해하기란 도저히 불가능하다. 전쟁은 정말로 잔혹하다.

하지만 위험을 감수하면서 해외에서 먼 길을 마다하지 않고 달려와서 지원하는 사람들이 있다는 사실만으로 그들에게 조금의 희망을 줄 수 있을지 모른다.

나는 앞으로도 간호사로서 현장에 가서 환자의 손을 잡아주겠다고 맹세했다.

5장

15만 명이 난민이 된 순간

—남수단에서

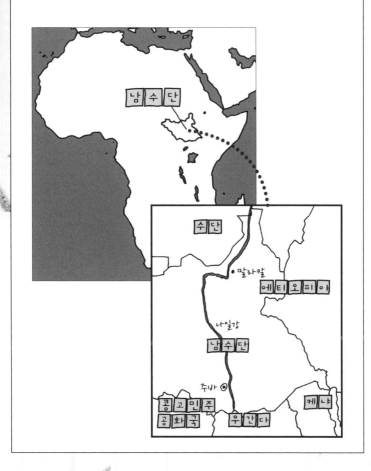

화장실을 주의하라

2014년 2월, 나는 처음으로 아프리카의 땅, 남수단공화국에 내렸다. 여섯 번째 파견이었다. 국경없는의사회에는 다음과 같은 말이 있다.

"남수단에 가지 않으면 국경없는의사회의 파견을 경험했다고 할 수 없다."

이것은 남수단의 생활환경이 얼마나 끔찍한지를 말해주는 표현이다. 이곳을 극복한 사람이야말로 진정한 국경없는의사회의 활동가라는 의미도 담겨 있다.

내가 국경없는의사회에 들어간 2010년만 해도 남수단에서 귀환한 활동가의 경험담이 하나의 훈장처럼 전해 내려왔다.

남수단공화국이 건국된 것은 2011년이다. 당시는 아직 분리 · 독립하기 전이라서 수단공화국이 정식 명칭이었으나 현지에서는 남북의 내전이 장기화되면서 그때부터 '남수단'이라고 불렸다.

154

남수단에 관해 국경없는의사회에서 가장 화제가 된 것이 화장실 문제다. 이곳에서는 밤에 화장실에 가려면 주위가 너무 어두워서 회중전등을 들고 가야 한다. 그런데 어느 날 한 활동가가 밤에 화장실에 가려다 회중전등을 깜박해서 다시 방으로 돌아갔다. 그리고 전등을 들고 막상 화장실에 도착했을 때, 회중전등을 가져오지 않는 게 나을 뻔했다고 후회했다고 한다. 불빛에 비친 화장실 안에는 바퀴벌레와 쥐, 온갖 정체불명의 벌레들이 득실거렸기 때문이었다.

또 다른 활동가는 식사가 너무 부실한 데다 밖에서 조리해 모래가 섞이는 바람에 도저히 먹을 수가 없었다고 했다. '남수단 다이어트'라는 말도 있었다. 먹을 수 있는 음식이 적어서 저절로 체중이 줄어든다는 뜻이다.

국경없는의사회 활동가의 생활환경은 파견된 나라와 지역의 상황에 따라 다양하다. 도쿄의 맨션과 다를 바 없는 건물에 화장실과 욕실이 딸려 있는 1인실이 주어지는 좋은 조건인 곳도 있는가 하면 텐트에서 생활하면서 구호활동을 벌여야 하는 곳도 있다.

내가 시리아에 있는 동안에 지냈던 베란다는 여름에는 나름대로 괜찮았지만 겨울에는 페트병에 뜨거운 물을 넣어 안고 있지 않으면 잠들 수 없을 정도로 추웠다.

나는 남수단의 생활환경에 대해 종종 들어서 알고 있었다. 하지만 시리아에서도 꽤 힘든 생활을 했기 때문에, 실제로 남수단에 와달라는 요청이 왔을 때도 괜찮을 거라고 가볍게 생각했다.

사실 이런 이야기들은 한참 전에 있었던 상황이고, 최근 남수단의 생활환경은 상당히 개선되었다고 들었다. 내가 파견된 곳도 어느 정도 정비된 도시에 세워진 병원이어서 그렇게 걱정하지 않았다.

남수단은 '아프리카 최장의 내전'으로 꼽히는 긴 대립의 결과로 2011년에 수단공화국에서 독립한, 세계에서 가장 젊은 나라다. 아프리카 대륙의 동쪽에 위치한 내륙국으로 북쪽의 수단공화국을 포함하여 여섯 개의 나라와 국경을 마주한다. 국토는 일본의 1.7배에 달하며 인구는 1,223만 명. 여러 민족이 함께 살고, 막대한 석유 매장량을 보유하고 있다.

남수단은 긴 시간에 걸쳐 어렵게 독립을 쟁취하였으나 미래에 대한 희망과 염원은 순식간에 사라졌다. 전쟁이 끝난 지 얼마 안 된 2013년 12월, 정권 내부의 파벌 싸움에 석유의 이권까지 얽히면서 또 내전이 시작된 것이다. 그리고 머지않아 민족 간의 살육으로 발전했다.

국경없는의사회는 수단공화국이 내전을 벌이던 시기부터 남수단을 지원했는데 이번에 발발한 내전에 맞춰 새로 지원팀을 편성하여 말라칼이라는 도시에 해외파견 활동가를 열 명가량 파견하기로 했다. 그중 한 명이 나였다.

팀원 대부분은 전투가 발발한 시기인 2013년 12월에 그곳에 들어갔다. 새로운 팀의 임무는 말라칼에 있는, 정부에서 운영하는 병원을 지원하는 것이었다.

고요한 나라

|

2014년 2월 11일에 남수단에 입국했다. 나는 이때 아프리카 땅을 처음 밟았다. 비행기 창문에서 내려다보이는 남수단의 풍경은 내가 상상하던 아프리카의 이미지와 그리 다르지 않았다.

선명한 붉은 색을 띤 대지와 아름다운 초록, 그리고 끝없이 이어지는 장대한 나일강이 보였다.

남수단의 첫인상은 '고요한 나라'였다. 주민들은 얌전하고 매사 남의 눈에 띄지 않게 조심하며 사는 것처럼 느껴졌다.

말라칼은 남수단의 북동부, 상나일 주에 위치한다. 말라칼에 도착했을 때 솔직히 나는 살짝 김이 빠졌다. 불과 한 달쯤 전에 전투로 수천 명 규모의 피해자가 나왔다고 하는데, 도시는 그렇게 파괴된 흔적이 없었다. 사람들도 거리낌 없이 나돌아다니고 무척 평범한 일상을 보내는 것처럼 보였다.

15만 명 규모의 도시 말라칼에는 바둑판의 눈처럼 가로세로로 네

모반듯하게 조성된 도로와 보도블록이 깔려 있었고, 민가와 상점이 가지런히 늘어서 있었다. 공터에는 수많은 상점이 참여한 야외시장이 열렸고 식료품과 물자도 풍부하게 갖추어져 있었다.

이곳의 주택과 건물은 유엔을 비롯한 여러 기관에서 장기적인 원조를 받아 세워졌다. 민가의 대부분이 콘크리트로 지어진 단층 주택이었는데, 도시 외곽으로 가면 볏짚으로 지붕을 엮은 투쿨(tukul)이라는 전통가옥도 볼 수 있었다.

신호등은 보이지 않았는데 신호등이 필요할 정도로 교통량이 많지 않았다. 차를 봤다면 원조 기관의 차가 틀림없었다. 도시 전체가 소박하지만 빈곤하다고 말할 정도는 아니었다. 모두가 심플하고 느긋한 삶을 산다는 인상을 받았다.

도시의 중심부에 국경없는의사회가 지원하는 정부 산하의 병원이 있었다. 그 병원은 상상 이상으로 훌륭했고 그 지역 출신이 직원으로 많이 일하고 있었다. 병원 부지는 광대하여 끝에서 끝까지 이동하려면 차로 가는 것이 나을 정도로 넓었다. 부지 안에 몇 개의 건물이 나란히 서 있고 응급실과 외래, 외과와 소아과, 감염증 등으로 병동이 나뉘어 있다.

이 병원에서 국경없는의사회는 응급실을 담당했고, 국제적십자가 수술실과 외과병동을 맡고 있었다. 2013년 12월에 일어난 전투로 다친 피해자들이 치료를 받는 중이라고 했다. 외과병동에 가보니 들은 대로 전투 중에 부상당한 피해자가 많이 입원해 있었다.

전투도 끝나고 더 이상 새로운 피해자가 나오지 않으리라고 예상되는 상황이라 이 병원에는 더 이상 지원할 필요가 없어 보였다. 다만 많은 말라칼 주민이 나일강 가로 피난을 갔는데 여전히 돌아오지 못하고 피난 생활을 이어가고 있었다. 국경없는의사회는 나일강 가에 있는 난민 캠프를 지원하기로 계획을 세웠다. 이번에 내가 다른 활동가보다 한발 늦게 소집된 이유도 이 때문이었다.

피난촌을 지원하는 특별 지원팀은 강가에 모인 난민 캠프를 원활히 돌아보기 위해 보트를 타기로 했다. 스페인에서 온 내과의사, 캐나다인 조산사, 남수단인 통역사와 나까지 네 명이 한 팀이었다.

우리 팀의 일차 목적은 피난민의 상황을 조사하는 것이었다. 피난처의 규모, 장소, 그리고 의료 수요를 조사하여 필요에 맞는 의료계획을 세워야 했다.

말라칼의 생활환경 자체는 그다지 나쁘지 않았다. 우리의 숙소는 도시 안에 있는 단층 주택이었는데 밤에는 전기가 들어오지 않았지만 가스도, 수도도 문제없이 쓸 수 있었다. 방과 화장실은 공용이었는데 이는 다른 대부분의 파견지에서도 비슷했다.

도착 첫날에 나온 음식은 파스타와 치킨, 야채샐러드로 아주 맛있었다. 집 안에서 요리했으니 모래가 섞여 있지도 않았다. 베란다에서 생활하던 시리아보다 훨씬 쾌적했다. 남수단의 가혹한 생활환경을 헤쳐나간 무용전(武勇戰)은 지나간 이야기가 된 건지도 모른다.

그런데 이 생활은 고작 하룻밤 만에 끝나고 말았다. 보이지 않은 곳에서 새로운 전투의 그림자가 천천히 다가오고 있었다.

나일강을 내려가며

다음 날, 우리 특별 지원팀 네 명은 나일강을 출발했다. 나일강은 끝도 없이 세차게 흘러갔다. 얼마나 많은 생명이 이 강에 의지하고 있을까?

"하마를 조심해야 해. 이 보트 여행에서 가장 위험한 요소야."

스페인인 내과의사 이완(Ewan)이 내게 그렇게 일러주었다. 60대인 그는 아프리카 난민 지원의 베테랑이었다. 그의 경험에 따르면 얌전하고 사랑스러운 이미지를 가진 하마는 실제로는 굉장히 거칠고 사나워서 보트쯤은 아주 간단히 뒤집어버린단다.

나는 수술 전문 간호사라서 난민 지원은 난생처음이었다. 강가에 사는 피난민들에게는 어떤 치료가 필요할까? 그리고 우리 보트에서 어떤 지원을 할 수 있을까? 모든 게 미지수였으나 이완이 있어서 안심이 되었다.

이완은 체구는 호리호리했으나 오랜 아프리카 지원활동으로 잘

그을린 피부에서 강인함이 느껴졌다. 그는 다정하고 온화한 성격으로 아프리카의 환경에 익숙하지 않은 나에게 이곳의 풍토병과 치료 방법 등을 친절하게 가르쳐주었다.

또 다른 팀원인 시오반(Siobhan)은 캐나다인으로 20대 후반의 조산사였다. 이번이 두 번째 파견이라고 했다.

"이걸로 아이들과 놀려고."

그렇게 말하고 그녀가 배낭에서 꺼낸 것은 비눗방울 세트였다.

그녀는 밝고 다정한 성격이어서 우리는 곧 마음을 열고 무엇이든 말할 수 있는 사이가 되었다.

현지의 보트 조종사가 운전하는 엔진식 보트를 타고 50분가량 이동하니 피난민들이 모여 사는 난민 캠프가 나왔다. 전투를 피해 도망친 사람들이 나무와 천을 대충 이어서 울타리를 만들고 그냥 맨바닥에서 생활하고 있었다. 젖먹이도 많았다. 식사는 생선을 잡아서 먹거나 보트로 인접 마을에 가서 사다 먹는 모양이었다.

조산사인 시오반은 서둘러 갓난아기들의 상태를 체크하고 이완은 난민 캠프의 지도자를 찾아서 상황을 파악하려고 애썼다.

이 난민 캠프에는 간호사가 둘이나 있어서 나름대로 건강관리를 한다고 했지만 사용할 만한 물자와 의약품이 하나도 없었다. 영양실조나 말라리아에 걸린 사람도 있었는데 몸이 쇠약해져도 그늘에 눕혀둘 뿐이었다. 이완이 진찰을 시작하고 나는 옆에서 그를 도왔다.

우리는 다음 날부터 한동안 이곳에 와서 진료하기로 했다.

전투가 시작되다

우리가 돌아왔을 때 숙소 안의 상태가 이상했다. 팀원들이 분주히 짐을 꾸리고 있었다.

"말라칼에서 전투가 시작됐어. 이곳을 탈출할 거야. 일단 짐부터 챙겨."

팀 리더 카를로스가 말했다.

전혀 예상하지 못한 상황이었다.

말라칼 전투는 진즉에 끝났을 터였다.

방금 나일강의 승선장에서 숙소까지 10여 분이 걸리는 길을 차로 돌아왔으나 바깥 풍경은 별반 달라진 게 없었다. 전투가 일어난다는 실감을 하지 못한 채, 우리는 카를로스가 말한 대로 짐을 쌌다.

"부엌에 있는 식료품도 웬만하면 다 가지고 가."

의료팀 리더인 간호사 수전이 말했다. 내 또래쯤 되었을까, 아니 좀 더 위일지도 모른다. 그녀도 국경없는의사회에서 잔뼈가 굵은 베테랑이다. 그녀는 관록 있는 리더였다.

도무지 실감이 안 나는 상태에서 피난 준비를 하면서도 나는 어차피 다시 이 숙소로 곧 돌아오겠거니 생각했다. 내 짐을 싸면서 수전이 말한 대로 부엌에 있는 빵과 야채도 챙겼다.

"전투가 시작되면 휴대전화를 쓰지 못하게 될지도 몰라. 지금부터 무전기 사용법을 알려줄게."

물자나 기재의 조달과 관리 등 비의료 측면에서 팀을 지원하는 로지스티션(Logistician) 직원이 무전기의 주파수를 맞추는 방법과 무전기 사용 시에 써서는 안 될 말, 그리고 그걸 대신할 암호를 가르쳐주었다.

실제로 무전기를 손에 들었을 때, 나는 왠지 모르게 위험한 물건을 건네받은 것 같았다. 만일 암호가 바로 생각나지 않으면 어쩌지? 나는 그저 무전기를 쓸 일이 없기를 빌었다.

이럭저럭 하는 사이에 창밖으로 정부군의 무장차량이 여러 대 지나가며 단숨에 불온한 공기가 우리를 덮쳤다. 전투란 원래 이렇게 갑자기 시작되는 것인가?

리더 카를로스가 다른 지역에서 활동하는 국경없는의사회 팀에 연락을 했다.

"역시 반정부군이 여기 말라칼로 향하고 있는 모양이야."

반정부 군대로 보이는 수많은 무장집단이 보트와 도보로 말라칼을 향해 이동하는 모습을 다른 팀이 목격한 것이다. 그 말은, 그 반정부 집단이 도착하면 말라칼을 무대로 전투가 시작된다는 뜻이다.

우리는 서둘러 짐을 싸서 이동했다. 우리가 차로 향한 곳은 도시에서 6㎞ 떨어진 유엔 기지였다.

유엔은 안전한 듯했다.

우리는 광대한 유엔 부지 안에 있는 직원 숙소로 들어갔다. 그래봤자 도시 외곽의 황폐한 땅에 텐트를 세운 것뿐이지만.

국경없는의사회만이 아니라 거기에는 수많은 NGO와 구호기관이 일제히 피난 와 있었다. 열다섯 곳쯤 있었을까? 국제적십자의 모습도 보였다.

그 광경을 보니 새삼 말라칼이 수많은 구호기관에게 원조를 받고 있다는 게 느껴졌다. 유엔은 우리를 부지 안에 넣어준 것뿐이어서 생활은 각자 자력으로 해야 하는 모양이었다.

유엔의 지원은 전혀 없었다. 국경없는의사회의 해외파견 직원 아홉 명이 힘을 모아 커다란 텐트를 세우고 말라칼 숙소의 부엌에서 가져온 빵을 먹으면서 그날 밤을 보냈다.

이튿날인 2월 17일 아침, 잠에서 깨고 나서 본 광경에 우리는 깜짝 놀랐다.

이건 대체…….

유엔 기지로 피난을 온 것은 우리 구호기관만이 아니었다. 우리와 담장을 사이에 두고 건너편에는 몇만 명에 이르는 말라칼 주민들이 모여 있었다. 그들도 도시를 탈출하여 이 유엔 기지에서 하룻밤을 보낸 것이다.

생각해보면 당연한 일이었다. 광대한 부지를 보유한 유엔의 담장 주변으로 끝도 없이 인파가 밀려왔다. 결코 어울리는 표현은 아니지만 '장관'이라고 할 만한 광경이었다.

그날, 팀 리더인 카를로스가 우리를 한 사람씩 불렀다. 그는 평소 말수가 적었다. 내가 과거에 함께 일했던 팀 리더에 비하면 온화하고 낯을 가리는 편이었다.

그는 강한 리더라는 인상은 아니었으나 이런 상황에서 내가 제대로 판단할 능력이 없으니 카를로스를 믿고 의지하는 수밖에 없었다.

내 차례가 되었다.

"싫으면 싫다고 솔직히 말하면 돼."

이렇게 말하는 그의 표정은 더없이 진지했다.

"전투가 시작되면 말라칼 공항이 폐쇄될 거야. 그 전에 수도로 철수하는 걸 고려하지 않으면 안 돼. 하지만 희생자가 나왔을 때 치료할 사람이 있어야 하니까 몇 명은 남으면 좋겠어. 유코는 수술실에서 일한 경험이 있으니까 전투 희생자를 위해 할 수 있는 일이 있으리라고 생각해. 남아주겠어?"

말라칼에는 작은 공항이 있었다. 이 공항이야말로, 아니 이 공항만이 우리의 유일한 출구이자 생명줄이었다.

남수단에는 포장된 도로가 거의 없었다. 국내의 포장된 도로를 전부 합쳐봤자 60*km*밖에 안 됐다.

인프라가 정비되지 않은 나라라서 국내를 이동하려면 비행기를 이용하는 수밖에 없었다. 그 공항마저 폐쇄되면 우리는 빠져나갈 길이 없었다.

"알았어, 남을게."

나는 주저하지 않고 남는 쪽을 택했다. 의료 활동을 위해 누군가가 남아야 한다면 나는 언제든 남는 쪽을 택할 것이다.

다만 나는 공항이 폐쇄되면 어떤 사태가 일어나는지를 충분히 인지하지 못한 채, 이때까지는 여전히 상황을 낙관하고 있었다.

이렇게 해서 카를로스가 지명한 대로, 나, 이완, 수전, 시오반을 포함하여 여섯 명이 남고, 나머지 세 명은 일시 철수라는 형태로 그날 안에 수도 주바로 날아갔다. 이날 비행기로 다른 많은 구호기관과 NGO 단체가 말라칼을 빠져나갔다.

그 비행기는 실제로 철수할 수 있는 마지막 기회였다.

방공호로 피난

조립식 화장실 몇 개가 유엔 부지 내 이곳저곳에 흩어져 있었다.
하지만 비행기가 떠난 그날, 유엔 부지 내의 모든 화장실에 자물쇠
가 채워졌다.

유엔 직원에게만 열쇠가 지급되고 외부 사람들에게는 이용이 모
두 금지되었다. 화장실은 그렇다 쳐도 거기 외에는 수도가 나오지
않아서 물도 쓰지 못하게 되었다.

낭패였다.

세 사람을 주바로 피난시키고 국경없는의사회 일원은 여섯 명이
되었다. 카를로스는 유엔 및 다른 구호기관 관계자를 만나러 다니느
라 바빴다.

의료팀의 리더이자 간호사인 수전과 내과의사 이완은 아직 전투
가 시작되지 않은 말라칼로 돌아가서 차에 실어놓은 의료물자와 의
약품을 가져오려고 했다.

하지만 약품이 있어도 이곳에서는 온도 관리를 할 수 없어서 갖고 올 수 있는 종류가 제한적인 상황이었다.

그 사이에 나는 어떻게 해서든 물을 구해보려고 유엔 부지 안을 돌아다녔다. 기온은 50도를 넘었다. 물이 없으면 몸을 씻을 수도 없고 빨래도 할 수 없다. 손조차 씻을 수 없다.

먹는 물만은 대량으로 보유하고 있어서 그쪽은 걱정하지 않았다. 용변은 풀숲에서 해결하고, 샤워는 참는 것 외에는 달리 방법이 없었다.

전투가 정말로 시작되는 것일까?

언제 시작되는 것일까?

다음 날인 2월 18일, 유엔 기지로 피난 오고 나서 맞이한 이틀째 아침이었다. 아직 다들 자고 있는 시간이었다.

"시작됐다!"

포격음이 울렸다.

정말로 전투가 시작되었다.

담장 바깥쪽에 모여 있던 시민들이 담장을 넘어 유엔 부지 안으로 우르르 밀려들었다. 아이를 몇 명이나 안고 달려오는 여성의 모습이 보였다. 아이가 젖먹이를 안고 달리는 모습도 보였다.

유엔 부지에는 이른바 방공호가 몇 군데 있었다. 유엔 직원이 우리를 찾아와서 방공호에 들어가라고 지시했다. 그곳은 들개의 소굴이라 말도 못하게 더러워진 상태였으나 지시에 따르는 수밖에 없었다.

우리는 몇 마리의 야윈 개들을 쫓아냈는데 그 개들은 얼마 안 있다가 다시 돌아왔다. 그때마다 물리지 않을까 더럭 겁이 났다. 그들은 우리가 아는 '길들여진 개'가 아니라 살아남기 위해 사람을 물어도 전혀 이상하지 않은 '야생의 개'였다.

시민들은 유엔 직원에 의해 담장 밖으로 쫓겨난 모양이었다. 안됐지만 수만 명의 시민을 받아들일 수는 없었을 것이다.

격렬한 전투음이 이어졌다. 때때로 총탄과 폭발한 파편이 날아와서 몸을 지키려면 방공호에 들어가 있는 수밖에 없었다.

이 시기의 말라칼은 정말로 무더웠다. 아침 8시만 되면 벌써 땀이 났다. 거기에 바람이 통하지 않는 방공호 안에서 사람들과 몸을 부대끼며 가만히 있어야 했다. 가히 고문과도 같은 시간이었다.

우리는 온도계를 갖고 있었는데 50도까지밖에 측정되지 않았다. 오후 2시경부터는 상한 온도에 달하여 그 이후에는 실제로 어디까지 올라가는지 파악할 수 없었다. 저녁 5시경이 되면 계측심이 50도에서 조금씩 내려갔다.

매일 전투음이 울려 퍼졌다. 포격음과 총격음을 듣는 게 처음은 아니었지만 이렇게 끊임없이 이어지는 것은 처음이었다. 처음에는 귀가 머는 것 같았지만 그것도 점차 익숙해졌다. 익숙해진다는 건 무서운 일이다. 며칠씩 듣다 보니 나중에는 아무렇지도 않게 되었다.

분쟁지에서 의료 활동을 하다 보면 자주 듣는 말이 있다.

"겁이 나는 자는 귀국하는 편이 낫다. 단, 겁을 상실한 자는 가장 먼저 귀국시키지 않으면 안 된다."

위험을 판단할 수 있는 능력을 잃어버려서는 안 된다는 뜻이다.

훗날 이라크에서 활동할 때 팀 리더에게 이런 말을 들은 적도 있다.

"겁이 나지 않는 자는 손 들어. 그리고 당장 짐을 싸서 귀국해."

겁이 많으면 냉정하게 일할 수 없다. 하지만 겁을 상실한 사람은 남의 목숨을 위험에 빠트릴 수 있다. 그런 행동을 하는 사람을 팀에 두어서는 안 된다.

지금 생각해보면 당시 나도 정말 위험한 상태였는지 모른다. 끊임없이 이어지는 전투음을 계속 듣고 있자니 포격 소리나 총성 하나둘쯤은 아무렇지도 않게 되었다. 하지만 그 총탄 하나가 생명을 앗아가는 법이다.

"유엔 부지 입구에 상당수의 부상자가 유입되었습니다. 구조하러 가고 싶은 NGO는 신청하세요. 단, 안전은 보장할 수 없습니다."

오후가 되니 헬멧을 쓰고 방탄조끼를 입은 유엔 직원 한 명이 NGO 단체가 모여 있는 방공호에 와서 이렇게 통지했다.

카를로스가 국경없는의사회의 리더로서 피해자를 구조하겠다고 나섰다. 나도 다른 팀원도 이의는 없었다.

국제적십자도 이를 논의하기 위해 방공호 안에서 미팅을 시작했다. 유엔 입구까지는 도보로 10분 정도 걸린다. 문제는 그 10분간의 상황이었다. 이동하는 동안의 안전과, 구출하는 동안 안전이 보장될 것인가? 모두 그게 걸려서 선뜻 나서기를 꺼리는 것이리라.

길 위에 방치된 환자들

우리는 방공호 밖으로 나왔다. 그리고 피해자가 모여 있는 장소까지 안내를 받으며 접근했다.

우리를 안내해준 유엔 직원들은 방탄조끼를 입고 헬멧을 썼으나 우리에게는 그런 장비가 없었다. 애초에 그런 장비를 갖추지 않으면 안 되는 장소에서 활동하리라고는 예상하지 못했다.

피를 흘리는 사람들이 노상에 방치되어 있었다. 그대로 죽는 사람, 고통스러워하며 신음하는 사람들이 섞여 있었다. 백 명쯤 되었을까? 포격 소리, 총격 소리가 울려 퍼지는 가운데, 피를 흘리는 사람들이 차례로 우리에게 가다왔다.

유엔 소속의 의사는 한 명도 보이지 않았다. 그들은 뭘 하고 있는 것일까?

당연히 그들이 먼저 구조에 나선 줄 알았는데 그렇지 않았다. 유엔에는 의사단이 파견되어 수술실을 포함하여 훌륭한 의료설비가 있을 텐데 어떻게 된 것일까?

우리는 어제 수전이 병원에서 가져온 의료물자로 치료하기 시작했다. 하지만 콘크리트 위에서는 의료 활동에 한계가 있었다. 최소한 유엔 병원 안에라도 들어가면 좋을 것 같아 관계자와 교섭해보았으나 거절당했다.

그들은 유엔 직원의 건강관리를 위해 파견되었고 시민의 구출과 치료에는 전혀 관여하지 않는다고 말했다. 우리가 더 힘내는 수밖에 없었다.

카를로스와 일본인 로지스티션인 오노 후지오(小野 不二雄)가 비닐 시트를 이용해서 적어도 환자가 지붕이 있는 곳에서 잘 수 있도록 공간을 몇 개 만들었다.

그 후, 국제적십자 팀이 우리처럼 다친 사람들을 돕기로 결정하고 합류해주어서 전부 다섯 개 정도의 공간을 만들었다.

이날부터 국경없는의사회와 국제적십자는 하나가 되어 노상에서 구호활동을 계속했다. 그래봤자 당시 우리가 할 수 있는 것이라곤 부상당한 부위를 소독하고 가제를 덧대는 표면적인 처치뿐이었다. 진찰도 검사도 할 수 없는 이런 상황에서, 이런 처치만으로 피를 흘리는 사람들의 목숨을 구할 리 만무했다.

수액은 기온이 50도가 넘는 곳에서는 쓸 수 없다. 기온이 너무 높으면 성분이 변할 우려가 있기 때문이다. 뜨거운 햇볕이 내리쬐는 열악한 환경 속에서, 여기저기서 들리던 신음이 차례로 조용해지고 머지않아 숨이 끊어졌다.

다음 날에는 피해자가 더 늘어났다. 그다음 날에는 더욱 늘어났다. 이런 일상이 반복되면서 수많은 시민이 죽어갔다.

간단히 끊어지는 목숨, 아무도 거들떠보지 않는 죽음. 우리와 같은 인간인데 이유가 뭘까? 우리는 시체를 자루에 넣고 성별과 추정 연령을 적은 다음, 어떻게 처리하는지도 모른 채 유엔 부지 안 자갈이 깔린 구석진 곳에 놔두고 돌아왔다.

시체가 둥둥 떠다니던 강물을 마시다

마실 물이 바닥을 보이기 시작했다. 유엔 부지로 피난을 오고 아직 며칠밖에 지나지 않았다.

공항은 반정부군에 점거된 듯, 비행기 이착륙이 불가능해졌다. 우리들의 출구가 봉쇄되었을 뿐만 아니라 일주일에 한 번씩 수도 주바에서 정기적으로 오던 식료품과 물자 지급도 끊겼다.

피난 초기에는 마실 물이 대량으로 비축되어 있었다. 긴급사태를 고려하여 충분히 준비해놓았다. 하지만 이렇게 더운 곳에서는 땀도 엄청나게 많이 흘려서 한 사람이 하루에 물 3리터 정도는 기본으로 소비했다.

식량 문제도 심각했다. 피난 당시에 가져온 빵은 딱딱하게 굳었고 토마토는 썩기 시작했다. 한편 당근은 보존 상태가 꽤 좋았다. 우리는 긴급용 비상식으로 준비해놓았던 생선 통조림과 비스킷, 그리고 당근을 조금씩 나누어 먹었다.

내과의사 이완이 물었다.

"벨트에 구멍을 낼 만한 도구가 없을까?"

살이 빠져 바지가 자꾸 흘러내렸던 것이다. 60대인 그도 이렇게 힘내서 견디고 있으니 나도 더 힘내지 않으면 안 되었다.

유엔 화장실은 여전히 문이 잠겨 있어서 야외의 풀숲에서 볼일을 보는 수밖에 없었다. 다른 NGO에서 간이 화장실을 만들었는데 우리 텐트에서 가기에는 조금 멀었다. 간이 화장실이라고 해봤자 구덩이를 파고 울타리를 친 것뿐이지만 풀숲보다는 훨씬 좋았다. 하지만 샤워를 하지 못했고 손을 씻을 물도 없다. 빨래도 하지 못해서 갈아입을 옷도 점점 줄었다.

"오늘은 비행기가 날 수 있기를."

비참한 생활을 하던 NGO 단체들은 다들 공항이 재개하기를 손꼽아 기다렸다.

국경없는의사회에서는 우리를 구출하기 위해 케냐의 수도에 있는 나이로비 공항과 에티오피아의 수도에 있는 아디스아바바 공항에 한 대씩 전세 비행기편을 배치했다. 하지만 말라칼 공항이 점거되어 있는 한, 거기까지 갈 방법이 없었다.

국경없는의사회는 국제적십자와 협력하여 어느 전세 비행기가 먼저 날든 서로 태워주기로 합의했다.

물 문제는 국제적십자가 해결해주었다. 픽업트럭과 급수탱크를 이용하여 나일강에서 대량의 물을 급수해주었다.

정말로 고마웠다. 우리는 양동이에 물을 한가득 받아서 며칠 만에 몸을 씻고 더러워진 옷을 빨았다. 국제적십자는 시민들에게도 많은 물을 나누어주었다. 다만 마시는 것만은 구역질이 날 정도로 거부감이 들었다. 로지스티션인 후지오가 그 갈색 물을 염소로 소독해주었으나 색은 여전히 탁한 채였다.

그뿐이랴? 나일강에 많은 시체가 둥둥 떠내려왔다. 그걸 생각하면 도저히 입에 댈 수가 없었다. 하지만 비축해놓은 물이 점점 줄어갔고 유엔이 부지 내에서 수도 사용을 금지하는 이상, 이 나일강 물을 마시는 수밖에 없었다. 행여 탈수라도 일어나면 생명이 위태로웠다.

나는 마지막까지 저항했으나 다른 팀원 전원이 실제로 마시는 걸 확인하고 눈 딱 감고 마시기로 했다. 쓸쓸할 줄 알았던 그 물에서는 단맛이 났다. 그게 도리어 기분 나빴다.

"거리로 나가자"

2월 22일, 전투음이 그쳤다. 16일 밤에 피난을 왔으니 유엔 기지에 오고 나서 꼬박 일주일째다. 피난을 왔던 모든 NGO 직원들의 마음이 들떴다. 물론 시민들도 그랬다.

소리가 그쳤다는 것은 전투가 끝났다는 신호다. 이제 공항 점거만 풀리면 말라칼에서 탈출할 수 있다.

NGO 직원 중 한 명이 소리를 질렀다.

"유엔 수송기가 왔대요!"

마침내 그 순간이 온 것이다.

모두 일제히 텐트를 접고, 공항으로 갈 준비를 시작했다.

이제 숨이 콱콱 막히던 텐트 생활에서 해방되는 것이다. 수도 주바까지만 가도 각 NGO의 기지 사무실이 있을 것이다.

그런데 기껏 탈출 기회가 왔는데도 카를로스는 꿈쩍도 하지 않았다.

"우리는 여기에 남아서 환자를 돌봐야지."

그 순간, 다른 NGO들과 함께 주바로 탈출할 수 있다고 철석같이 믿었던 내 바람이 깨졌다. 이제 곧 샤워와 제대로 된 식사를 할 수 있으리라 꿈꿨는데.

지금 생각해보면 카를로스의 판단이 옳았다.

그때 떠났더라도 아무도 나를 탓하지 않았을 것이다. 하지만 NGO가 다 떠나고 나면 도움이 절실한 시민들만 남겨진다. 그들의 참상을 모른 체하고 떠났다면 나는 후회로 두고두고 마음이 찢어졌을 것이다.

남아서 의료 활동을 한다는 결단을 받아들인 우리에게 카를로스는 이어서 이렇게 말했다.

"거리로 나가자. 환자를 구출하러 가는 거야."

말라칼 거리에서 들려오던 전투음이 그친 건 사실이지만 반정부 무장집단이 완전히 사라졌다는 확증은 어디에도 없었다. 안전은 전혀 보장되지 않았다.

이 판단에 의문을 제기하는 사람도 있었으나 카를로스는 구조를 기다리는 시민이 더 중요하다고 말했다.

우리에게는 SUV 차량이 두 대 있었다. 하지만 우리가 고용했던 지역 운전사들은 소식이 끊겼다. 무사한지조차 알 수 없었다.

활동 중에 위험이 될 만한 요소를 줄이기 위해 국경없는의사회의 파견 직원은 절대 직접 운전해서는 안 된다는 규칙이 있다. 운전사는 반드시 현지에서 고용했다. 그러나 지금은 긴급 상황이었다.

"나와 수전이 운전할 거야. 선두는 나. 수전이 그 뒤."

나중에 알았는데 이런 경우 차 한 대로 단독 행동을 해서는 안 된다고 한다. 팀의 전멸을 막기 위해서이다. 무전기도 쓸 수 없다. 도청당할 수 있기 때문이다. 쓸 수 있는 것은 위성 전화뿐이다.

휴대전화는 진즉에 쓰지 못하게 되었다. 수전은 당연하다는 듯이 운전대를 잡았다.

우리는 정말로 전투가 막 끝난 거리로 가는 것일까? 아니, 아직다 끝나지 않았을지도 모른다. 병사가 숨어서 우리를 쏘면 어쩌지?

"제한시간은 2시간. 기지에는 후지오가 남아. 후지오는 30분마다나에게 생존 확인 전화를 할 것. 전화를 받지 않으면 15분 후에 한번 더 걸어. 그래도 받지 않으면 스페인 본부에 긴급 연락을 하고. 2시간 안에 돌아오지 않아도 본부에 연락해."

세상에. 나는 카를로스가 운전하는 첫 번째 차량의 조수석에 탔다. 수전이 운전하는 두 번째 차에는 내과의사 이완과 조산사 시오반이 동승했다.

카를로스는 물론 수전과 이완도 베테랑 중의 베테랑이다. 이 안에서 내가 느끼는 불안감을 함께 나눌 수 있는 사람은 시오반밖에 없으나 그녀에게 심경을 물을 여유는 없었다.

출발 전에 카를로스가 한 사람, 한 사람의 이름을 호명했다. 우리는 그가 왜 이름을 부르는지 알고 있었다. 그는 모두에게 싫다고 말할 수 있는 기회를 준 것이었다.

"이건 정말로 위험한 임무라서 거부해도 괜찮아."

나는 물론 가고 싶지 않았다. 하지만 리더인 카를로스가 가기로 판단한 이상, 그를 따라가지 않는다면 후회할 게 뻔했다. 가는 것 자체에는 일말의 주저함도 없었다. 하지만 불안했다. 아니, 불안해서 견딜 수가 없었다.

이때 나는 첫 번째 차량의 조수석에 타면서 안전벨트를 해야 하나, 말아야 하나 진지하게 고민했다. 국경없는의사회에서는 안전벨트 착용에 관한 규칙이 엄격했다. 하지만 나는 지금 끝났는지 아닌지도 확실하지 않은 전투지로 가는 선두 차의 조수석에 앉았다.

총격이 발생한다면 제일 먼저 표적이 되는 건 내가 아닐까?

그렇다면 잽싸게 몸을 웅크려서 아래쪽으로 몸을 숨기거나 당장 차에서 내려서 도망칠 수 있게 안전벨트를 매지 않는 편이 낫지 않을까?

연락 담당자로 기지에 남기로 한 후지오가 걱정스러운 눈빛으로 나를 배웅했다.

그도 혼자 남겨져서 괴로울 터였다.

시체, 시체, 그리고 시체

어처구니없어하는 유엔 직원들의 시선을 받으면서 우리 다섯 명은 두 대의 SUV 차량에 나눠 타고 유엔 기지를 출발했다. 기지 문을 나온 순간부터 호러 영화에 나올 법한 드라이브가 시작되었다.

여기까지는 예상했다. 하지만 가는 도중에 생각만 해도 끔찍한 광경을 보았다.

그것은 길바닥에 나뒹구는 인간의 시체에 떼 지어 모여 있는 개 떼와 새 떼였다. 그중에 펠리컨만큼이나 커다란 새가 있었는데 지금까지 봤던 어느 새보다 무서웠다. 특히 그 눈이 잊히지가 않는다.

그 새의 이름은 무엇일까? 아직까지 찾아보지 못했다. 설령 스마트폰 화면 너머라고 해도 그 새의 모습은 두 번 다시 보고 싶지 않다.

우리는 말라칼 거리 안으로 들어갔다. 카를로스는 속도를 늦추고 천천히 관찰하듯이 이동했다. 15만 명이 며칠 전까지 살던 거리는 완전히 파괴되어 불타버렸다. 시체를 제외하고 살아 있는 인간의 모습은 하나도 보이지 않았다. 전투는 정말로 끝난 모양이었다.

T자 삼거리에 다다랐다. 정면에는 우거진 숲이 있었다. 카를로스가 차를 멈췄다. 왼쪽으로 가야 하는지 오른쪽으로 가야 하는지 헷갈리는 것일까?

그는 몸을 앞으로 기울인 자세로 우거진 숲을 노려보고 있었다. 그리고 말했다.

"위험해."

평소 온화하던 그가 거의 보인 적 없는 표정을 짓고 있었다.

나에게는 아무것도 보이지 않았다. 하지만 냉정한 그가 동요하고 있으니 긴급사태가 분명했다.

그때, 그 우거진 숲에서 세 명의 병사가 소총을 들고 차례로 나왔다.

"도망가자."

나는 즉시 카를로스에게 말했다.

"무리야. 뒤에 차가 있어."

나는 사이드미러로 뒤를 바라보았다.

운전석에 앉은 수전과 뒷좌석에서 무슨 일인가 하고 몸을 앞으로 내민 이완과 시오반이 보였다. 한 대였다면 카를로스는 여기서 물러났을까? 아니면 이런 때는 결코 물러나서는 안 되는 것일까?

병사들이 몸을 낮추고 천천히 다가왔다.

순간적으로 카를로스가 만면에 웃음을 띠었다. 그리고 말했다.

"너도 웃어."

그 병사들은 하필이면 조수석에 앉은 내 쪽으로 걸어왔다. 나는 엉거주춤 창문을 열었다. 도저히 그들과 눈을 맞출 수가 없었다. 운전석에 앉은 카를로스가 웃으며 손을 내밀자 병사 중 한 명도 손을 내밀었다. 두 사람이 내 앞에서 악수를 교환했다.

살았다.

실은 병사들이 다가올 때부터 총을 쏠 생각은 없다는 걸 알았다. 총구가 아래로 향하고 있었기 때문이다.

나는 창밖에 서 있는 그들을 직시할 용기가 없어 곁눈질로 살펴보았다. 20대가량의 성인들로 보였다. 입고 있는 푸른색 위장복을 보면 정부군 쪽이리라. 그렇다면 정부군이 이겼다는 말인가?

당시 내가 가장 마주치고 싶지 않은 것이 반정부군 편에 선 소년병이었다. 그들은 판단력을 상실할 정도로 마약에 절어 눈 하나 깜짝하지 않고 사람을 죽인다고 들었다.

카를로스는 정부군으로 보이는 병사들에게 우리를 의사단이라고 설명했다. 그리고 우리는 급히 그 자리를 떴다.

그 후, 거리 중심부에 있는 병원으로 향하는 동안에 길을 꺾거나 건널 때마다 나는 다음에 무엇과 마주칠지 몰라 심장이 쪼그라들었다. 카를로스 앞에서는 의연히 있었으나 내심 카를로스가 어서 결단을 내리고 "위험하니까 이제 돌아가자"라고 말해주기를 바랐다.

제한시간 15분

그렇게 가슴을 졸이며 겨우 병원 문을 통과했다. 천천히 안으로 들어갔다. 우리의 긴 싸움이 그때부터 시작되었다. 눈에 들어온 광경은 이미 병원이라고 할 만한 모습이 아니었다.

건물은 파괴되고 바닥에는 부서진 건물 잔해와 잘 보관되어 있어야 할 의료물자가 여기저기 나뒹굴고 있었다.

카를로스가 차를 세우고 우리에게 차에서 내리라고 말했다.

차에서 내리려니 더럭 겁이 났다. 나는 카를로스 곁에서 절대로 떨어지지 않으려고 그의 뒤에 바짝 붙어 섰다. 아무것도 보고 싶지 않았다. 안으로 들어가고 싶지 않았다. 하지만 카를로스와 수전은 병원을 향해 성큼성큼 걸어갔다.

두 사람에겐 공포라는 감정이 없는 것일까?

마당에 다다랐을 때, 그것이 보였다. 여러 구의 시체였다. 시체들이 50도의 무더위 속에서 썩어 문드러져가는 모습은 말로는 표현하기 힘들 정도로 처참했다.

하지만 내가 정말 놀란 건 그게 아니었다. 살아 있는 시민들이 시체와 한데 뒤섞여 있었다.

가족일까? 마당에서 시체 곁에 앉아 있는 사람, 병동 안에 지쳐서 쓰러져 있는 사람……. 그들은 힘이 없어서 잔뜩 겁을 집어먹고도 움직이지 못한 채 그냥 그 자리에 있었다.

"흩어져서, 산 사람을 전부 찾아내. 제한시간은 15분이야."

병원이 워낙 넓은 데다 병동이 몇 개로 나뉘어 있어서 우리는 두 팀으로 나눠 움직이기로 했다.

나는 수전, 이완과 한 팀이었다. 발이 골절되어 도망치지 못한 입원 환자 몇 명이 침상에 남아 있었다. 얼마나 무서웠을까?

충격적이었던 것은 소아과 병동이었다.

그곳의 현실은 내가 도저히 받아들이기 어려운 정도였다. 숨을 쉬지 않는 아이들이 바닥에 널브러져 있었다. 소아과는 파괴되었을 뿐만 아니라 완전히 불에 탔다.

왜 하필이면 소아과 병동을 태웠을까?

생존자는 몇십 명에 달했다. 도망치지 못한 부상자와 노인이 많았다. 우리는 그중 심하게 다친 일곱 명을 SUV 차량에 태워 유엔 부지로 데리고 돌아왔다.

다른 생존자들에게는 반드시 내일 다시 오겠다고 약속했다.

나는 수술실에서 가제와 붕대를 잔뜩 빌려왔다. 그 외에도 많은 물자를 가져오고 싶었으나 시간이 허락되지 않았다.

언제 병사와 마주칠지 모르고 2시간 안에 돌아가지 않으면 기지에서 기다리는 후지오가 약속한 대로 우리의 상황에 대해 긴급 연락을 할지도 모른다.

우리는 일단 돌아가서 유엔에 현재 상태를 보고하고 버스를 요청했다. 생존자를 전부 유엔으로 데리고 갈 계획이었다.

이튿날부터 우리 다섯 명은 병원으로 가서 생존자를 한 명씩 들것에 싣고 유엔에서 빌린 버스에 태워서 데려왔다. 상상 이상으로 중노동이었다. 간호사로 오래 일했지만 들것에 사람을 싣는 건 처음이었다.

이렇게까지 힘들 줄은 상상도 못했다. 팔도 아프지만 사람을 들것에 태워 힘껏 들어 올리면 손가락이 찢어질 것 같았다. 그래서 일단 멈췄다가 위치를 바꿔 다시 손잡이를 잡아야 했다.

여전히 기온이 50도를 넘는 찌는 더위가 계속되고 있었다. 숨이 턱턱 막히고 힘들어서 견딜 수가 없었다. 이런 방법으로 우리는 사흘간 53명의 생존자를 유엔 기지로 데려왔다.

실은 사흘째 되는 날 나는 기지에 남고 싶다고 요청했다. 팔 근육이 터질 듯이 부어올라서 나처럼 근력이 없는 사람은 가봤자 거치적거리기만 할 뿐이라고 생각했기 때문이다.

기지에서 연락을 맡고 있는 로지스티션 후지오는 근력도 있어서 나보다 도움이 될 게 틀림없었다.

후지오가 교대하며 이런 말을 덧붙였다.

"이 일도 정신적으로 꽤나 힘들어요. 30분마다 전화를 걸어서 카를로스가 받지 않으면, 최악의 사태를 상정해야 하기 때문이에요. 끝내 받지 않으면 살아 있지 않다고 판단하고 본부에 보고해야 하고."

그 말을 듣고 보니 환자를 실어 나르는 동안에 카를로스가 전화를 받지 않는 모습을 몇 번인가 보았던 것이 떠올랐다. 카를로스는 후지오에게 다시 전화를 걸지도 않았다. 신속한 구조가 관건인 상황에서 연결되는 데만도 한참이 걸리는 위성전화를 굳이 쓰고 싶지 않았던 것이다.

우리는 잘 몰랐지만 후지오에게도 그런 고충이 있었다. 그래도 그날은 쉬고 싶었다. 체력이 한계에 달했고 팀원들에게 폐를 끼치고 싶지 않았다.

우리는 변함없이 나일강 물을 마시고 비스킷, 당근, 생선 통조림으로 매끼를 때웠다. 이완이 다시 벨트에 구멍을 뚫는 것을 보았다. 나도 8kg이 빠져 40kg이 되었다.

어느 날, 열이 39도까지 올랐다. 편도선도 심하게 부었다. 이완에게 진찰을 받고 그 사실을 알았다.

그 무렵은 아침에 일어나서 잠들 때까지 뭘 해도 힘든 나날이었다. 편도선이 부은 것도, 고열이 난 것도 알아차릴 여유가 없었다. 애초에 기온이 체온보다 높았으니까.

그래도 유엔 기지 주변 들판에서 노숙 생활을 하는 수만 명의 시민들보다는 상황이 훨씬 낫다고 스스로를 타일렀다.

시민들은 파괴된 말라칼로 돌아가지 못하고 나무토막과 천 쪼가리를 연결하여 울타리를 세우고 흙 위에서 살고 있었다. 심한 영양실조로 고생하는 사람도 많았다.

우기에 접어들자 갓난아기와 노인부터 쇠약해지기 시작했다. 하지만 우리가 할 수 있는 일은 제한되어 있었다.

나는 말라칼에 한 달가량 더 머물기로 일정을 연장하고 총 2개월 반 동안 말라칼에서 구호활동을 벌였다. 그 사이에 국제적십자는 철수했고 국경없는의사회에서는 많은 직원이 말라칼로 들어왔다.

인도적 원조가 국가의 자립을 방해한다

행방불명됐던 운전사가 살아서 돌아왔다.

우리가 유엔 버스로 말라칼 병원에 있던 생존자 전원을 유엔에 데려온 직후였다. 세상에, 그가 살아서 우리 앞에 나타났다.

그가 새하얀 이를 드러내고 웃으며 나타났을 때, 시오반은 펄쩍 펄쩍 뛰며 손뼉을 쳤다. 나는 믿을 수 없다는 듯이 두 손을 입에 대고 한동안 서 있었다.

카를로스를 비롯한 남자 직원들이 그를 얼싸안았다. 수전만이 진지한 얼굴로 그에게 물었다.

"지금까지 어디 있었어요?"

"도시에 있는 교회에 숨어 있었어요. 거기에 아직 사람들이 많이 있어요."

그 말을 듣고 우리는 당장 교회로 달려갔다.

그곳에서는 200명 남짓한 사람들이 피난 생활을 하고 있었다. 다

치거나 병을 앓고 있는 사람도 있었다. 우리는 내일부터 매일 의료
기구를 들고 찾아오겠다고 약속하고 그날은 일단 물러났다.

하지만 다음 날 교회는 텅 비어 있었다.

숨어 있던 반정부군이 찾아와서 사람들을 약탈하고 여성을 강간
한 후에 소녀 여섯 명을 끌고 갔다고 했다.

옷가지를 챙길 겨를도 없이 목숨만 겨우 건져서 맨몸으로 도망쳐
나온 시민들. 도대체 얼마나 더 그들을 잔혹하게 괴롭힐 것인가?

공항이 다시 열리자 물자와 식료품이 도착하기 시작했다. 국경없
는의사회에서는 목수를 파견하고 현지 직원을 고용하여 큼직한 텐
트 병원을 지었다.

그곳에 영양실조에 걸린 갓난아기들과 쇠약해진 노인들을 한꺼
번에 들이고 새로 온 소아과 전문의와 간호사를 투입했다.

보트 지원팀도 새로 온 팀원을 중심으로 재결성되었다. 나일강 가
에도 피난민이 넘쳐나는 듯, 보트 팀은 하루가 멀다 하고 나일강 가
의 난민 캠프에서 중증 환자를 데리고 왔다.

여성 강간 피해자가 늘면서 이에 대응하기 위한 심리치료사도 새
로 파견되었다. 연일 50도를 넘던 말라칼은 차츰 기온이 내렸으나
이번에는 우기가 찾아왔다.

국경없는의사회에서는 콜레라 발생을 우려하여 콜레라 대책팀도
파견했다. 우리는 여전히 유엔 부지 안에서 텐트 생활을 했으나 팀
인원은 열다섯 명 정도로 늘어나 있었다.

말라칼 전투는 쉽게 끝나지 않았다. 이후에도 숨어 있는 병사들에 의한 소규모 전투가 끊임없이 발발했고 그때마다 우리는 의료 활동을 중지하고 방공호에 들어갔다 나오기를 반복했다.

최종적으로는 반정부군이 퇴거하는 형태로 전쟁이 종결된 듯이 보였다. 그렇게 멋진 도시를 며칠 만에 파괴하고 15만 명의 피난민을 발생시키면서 이 나라가 얻은 것은 과연 무엇일까?

이 무력충돌이 남수단이라는 세계에서 가장 젊은 나라가 파탄하기 시작한 계기라고 표현한 기사를 읽은 적이 있다. 그게 '시작'인지 아닌지는 모르지만 이 나라의 미래는 불안하다.

전투 종료 후 카를로스가 정부군 수뇌부와 만났을 때, "도시의 정리와 재건은 NGO들에게 부탁한다"라는 말을 들었다고 한다. 나는 이 말을 듣고 깜짝 놀랐다.

군인이라고 해도 정부 요인이 이런 말을 하다니, 이러다가 남수단이라는 신생국가가 정말로 파탄이 나는 건 아닐까? 시민에 대한 인도적 원조가 실은 이 나라의 자립을 방해하는 원흉은 아닐까? 나 자신의 행동에도 의문을 갖게 되었다.

충격을 받은 나를 보고 카를로스와 수전이 빙그레 웃었다.

'이제 와서 그런 일로 충격을 받으면 이 일을 계속할 수 없어'라고 말하듯이.

6장

현장 복귀와 실연 사이

—예멘에서

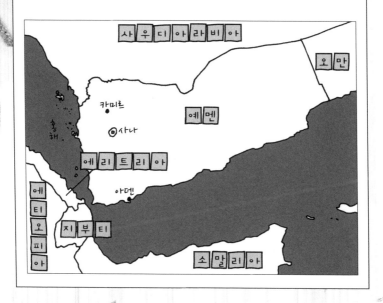

호흡곤란

2014년 4월에 남수단에서 귀국했다.

봄빛을 머금은 화사한 옷을 걸친 젊은이들이 거리를 누비고 있었다. 평범한 도쿄의 일상이었다. 나는 이러한 활기가 오히려 비현실적으로 느껴졌다. 며칠 전까지 보았던, 전투로 다치고 불안한 앞날에 절망하던 사람들의 얼굴이 뇌리를 떠나지 않았다.

이것이 같은 지구에서 일어나는 현실이란 말인가?

국경없는의사회에서는 분쟁지에서 돌아왔을 때, 심리 카운슬링을 받도록 추천한다. 나는 예멘과 시리아에서 돌아왔을 때도 카운슬링을 권유받았으나 실제로 받은 적은 없었다. '나는 아무렇지도 않아'라는 생각에 그냥 흘려들었다.

하지만 이번에는 생활에 지장이 생겼다. 가령 공사장의 소음이 들리면, 그 순간 머리를 감싸 쥐고 몸을 웅크렸다. 비행기 소리를 들으면 식은땀이 났다. 폭죽이 터지는 소릴 들었을 때는 전투음이 떠올라서 욕지기가 나고 주저앉아 한 발짝도 움직이지 못했다.

이번에는 국경없는의사회 본부에 요청해 일본에서 카운슬링을 받기로 했다. 사실 더 빨리 받았어야 했다. 분쟁지에서 겪은 생생한 일들은 가족과 친구에게 좀처럼 털어놓기 어렵다. 그동안 너무나 다른 현실 사이의 간극에 마음이 혼란스러운데 그걸 감춘 채로 일본 생활에 잘 적응하는 듯이 행동했다.

카운슬링을 받는 동안 주변 사람들에게는 말하기 어려운 일련의 체험을 이야기할 수 있었다. 힘든 경험을 했다고 누군가가 이해해주는 것만으로 마음이 한결 가벼워졌다.

또 나는 이전부터 전철 안에서 호흡곤란을 일으키곤 했는데 이것도 구조 활동과 관련이 있는 듯했다.

긴급사태가 연속되어 늘 긴장상태에 있었던 교감신경이 평화로운 일본으로 돌아오자 혼란을 일으킨 것이라고 한다. 호흡곤란이 일어나는 원리를 아는 것만으로도 어느 정도 마음이 안정되었다.

또 명상과 음악 등으로 억지로 마음을 진정시키기보다 스트레스를 발산하는 것이 낫다고 카운슬러에게 조언을 받았다. 노래방에 가서 목청껏 노래를 부르는 것도 좋은 방법이라고 한다.

카운슬러의 권유에 따라서 일상을 보내는 동안에 혼란이 조금씩 가라앉아서 도시 생활에 순응하게 되었다.

호흡곤란은 지금도 파견에서 돌아올 때마다 발병한다. 대개 한 달 정도는 지속된다. 이것만은 그때그때 잘 대처하는 수밖에 없다고 생각한다.

치마와 하이힐

남수단에서 귀국한 후, 한동안 휴가를 받기로 했다. 심신이 모두 너무 지쳤기 때문이다. 체중도 아직 완전히 돌아오지 않았다. 당장은 다음 파견을 나갈 엄두가 나지 않았다.

그런 나에게 국경없는의사회의 일본 사무소 일이 기다리고 있었다. 나와 같은 해외파견 직원을 채용하는 업무였다. 나는 1년 계약으로 일해보기로 했다. 활동 현장에 가지 않고도 국경없는의사회를 위해 일한다는 것은 행운이었다.

6월에 정식으로 일하기로 하고 그때까지 남은 두 달간은 가족, 친구와 여행을 가거나 아무것도 하지 않고 집안에서 느긋하게 지냈다. 그리고 국경없는의사회 사무실에서 일하는 걸 계기로 도쿄에 맨션을 빌려서 지내기로 하고 사이타마의 고향집에서 짐을 싸서 나왔다. 오랜만의 첫 도시생활에 저절로 마음이 설레었다.

생각해보면 2003년에 호주로 떠나 2010년부터 국경없는의사회에 소속되어 해외파견 활동을 계속해왔다. 일본에서 안정된 나날을 보내는 것은 10년 만이었다.

도쿄 생활은 더없이 쾌적하여 매일 아침 혼잡한 전철을 타고 통근하는 것마저 즐거웠다. 간호 업무밖에는 경험해본 적이 없는 내가 사무실에서 컴퓨터 업무를 할 수 있을지 불안하기도 했다. 하지만 주변의 적극적인 지원으로 그럭저럭 해낼 수 있었다.

국경없는의사회 사무실에 복장에 관한 규정이 있었던 것은 아니지만 나는 매일 치마에 하이힐을 신고 출근했다. 도시에서 일하는 여성에게는 당연한 옷차림일 것이다. 그렇게 일상적인 풍경에 녹아드는 나 자신에게 만족감을 느꼈다. 새로운 친구도 늘어나서 일이 끝나면 맛있는 음식을 먹으러 가거나 술자리를 즐겼다. 공중폭격과 총격이 없는, 안전하고 포근한 침대에서 잘 수 있는 생활이 좋았다.

이 시기에 만나던 연인이 있었다. 그와의 만남을 계기로 새로운 기쁨을 맛볼 수 있었다. 그는 국경없는의사회와는 전혀 관계없는 사람이었다. 하지만 내 활동과 경험에 관심을 보이고 경의도 표했다. 주말에는 둘이서 영화를 보고 쇼핑을 하거나 산책을 다녀왔다.

사무실에서 일하는 동안에 필리핀과 네팔에 단기 파견 형식으로 다녀온 적은 있었지만 그 외에는 거의 도쿄에서 지내며 그와 만족스러운 시간을 보냈다.

사무실과는 이듬해인 2015년 5월까지 일하기로 계약되어 있었다. 하지만 후임에게 인수인계하는 문제로 다시 4개월이 연장되어 9월

30일까지 근무하게 되었다.

국경없는의사회에서는 다른 부서에서도 직원을 모집했다. 나는 이 일의 계약기간이 끝나면 그 자리에 지원해볼까 하는 생각도 했다. 도시 생활의 안정을 놓치고 싶지 않았다.

무엇보다 앞으로도 그와 더 많은 시간을 함께 보내고 싶었다.

예멘에서의 파견 요청

사무실 업무의 계약이 종료되기 2주일 전인 9월 후반. 갑자기 예멘에서 와달라는 요청이 왔다. 입국 허가증이 나오는 대로 출발하면 좋겠다는 긴급 요청이었다.

나는 2012년에 한 번, 예멘 남부의 아덴이라는 도시에서 활동한 적이 있다. 그때 이미 예멘의 국내 정세가 험악해졌는데, 그 이후에도 장기간 정세불안이 지속되었다.

아라비아반도의 남서부 끝에 위치한 예멘은 중동에서 가장 가난한 나라다. 이 나라에는 국제공항이 두 군데 있는데, 남부에 있는 아덴 국제공항은 내전의 영향으로 폐쇄되었다.

그래서 남부로 지원하러 가는 팀은 바다 건너편에 있는 아프리카 지부티공화국에서 배를 타고 들어가는 수밖에 없었다. 해적선이 자주 출몰하는 소말리아 해안을 15시간 동안 항해하는 위험천만한 경로였다.

내가 받은 요청은 아덴이 아니라 수도 사나에 가는 것이었다. 아무래도 사나에 전투가 벌어질 가능성이 있는 모양이었다. 만약 수도인 사나에서 지상전이 펼쳐지면 공항이 폐쇄될 뿐만 아니라 온 나라가 걷잡을 수 없는 혼란에 빠져서 입국이 불가능해질 것이었다. 이를 우려하여 입국이 가능한 지금 지원 팀을 미리 보내서 부상자 구호에 대비한다는 것이 국경없는의사회의 계획이었다.

나는 이 의뢰를 그 자리에서 수락했다. 이런 긴급사태가 발생할 때마다 국경없는의사회에서는 늘 인력을 구하는 데 어려움을 겪었다. 또 인력을 보내지 못해서 피해가 확대되는 경우도 있었다.

내가 이 요청을 받아들이면 인력을 확보하기 위해 분주히 움직이는 사무실도, 이미 현지에 들어가서 일손이 부족한 채로 일하는 팀도, 물론 현지에 있는 환자들도 조금은 편해진다. 생각이 여기에 미치자 파견 요청을 도저히 거절할 수가 없었다.

사귀던 남자친구에게는 사후에 보고한 꼴이 되어버렸다. 말을 꺼내기 힘들었지만 다른 나라에서 전쟁 피해로 고통을 겪는 사람들을 위한 일이라고 이해해주었다. 당연히 걱정도 많이 했다.

어쩌면 이번 파견이 한 달이라는 짧은 기간이었기 때문에 그가 딱히 반대할 이유가 없었는지도 모른다.

나도 곧 일본에서의 '안정된' 생활로 돌아올 작정이었다. 지원하려고 했던 국경없는의사회의 다른 사무직은 내년부터 일이 시작되어서 이번에 떠나는 단기 파견에는 영향이 없었다.

아프가니스탄의 비극

예멘 입국 허가증이 나오고 사무실 근무 계약이 종료된 다음 날인 2015년 10월 1일, 일본을 떠났다.

이틀 후인 10월 3일, 예멘으로 가는 경유지인 아프리카 지부티공화국에 도착했다. 에티오피아와 소말리아 사이에 있는 지부티공화국은 세계에서 가장 더운 나라라고 한다.

차로 안내받은 게스트하우스의 거실에 도착해서 땀에 흠뻑 젖은 몸을 소파에 던졌다. 그날은 여기에서 하룻밤을 묵고, 다음 날 국경없는의사회의 전용 비행기를 타고 예멘에 가기로 했다. 일단 예멘에 입국하면 정신 없이 바빠질 것이다.

시간이 있을 때, 내년에 모집하는 사무직에 지원할 이력서를 완성하기 위해 노트북을 꺼냈다. 게스트하우스의 와이파이(Wi-Fi)에 연결한 순간이었다.

한 인터넷 뉴스가 눈에 들어왔다. 나는 소파에 기댔던 몸을 순간적으로 앞으로 내밀고 화면에 얼굴을 가까이 댔다.

"아프가니스탄에서 국경없는의사회가 운영하는 병원에 공습."

나는 한동안 눈을 동그랗게 뜬 채, 뉴스 제목을 뚫어지게 쳐다보았다. 차츰 자세한 내용이 눈에 들어왔다. 만감이 교차했다.

나는 남수단에서 돌아온 후, 1년 반이나 현장을 떠나 있었다. 그 사이 세계는 이런 무도한 짓을 계속해왔단 말인가? 대체 어떤 심리로 병원에 공중폭격을 할 수 있을까? 그들은 대체 무엇을 위해 싸운단 말인가?

병원에 폭탄이 명중하고 불길 속에서 울부짖으며 도망치는 환자들의 모습이 떠올랐다. 며칠 후 그곳에서 마흔두 명의 사상자가 나왔다고 발표되었다.

지부티공화국의 게스트하우스 거실에는 나 말고도 몇 명의 숙박객이 더 있었다. 모두가 시원한 에어컨 바람을 맞으며 소파에 앉아 스마트폰을 보거나 독서를 즐기고 있었다.겉으로 보기에는 이 조용하고 평화로운 시간에 나도 녹아들어 있었다.

하지만 내 마음 속에는 거센 분노가 휘몰아쳤다.

아무도 없는 공항

지부티공화국에서 1시간 반을 날아서 도착한 사나 국제공항은 사람들이 모두 떠나 텅 비어 있었다. 공항은 반정부군이 장악했다.

모든 민간기의 이착륙이 중지되고, 일시적으로 국제적십자와 국경없는의사회의 전용 비행기편만 인도적 조치로서 공항 사용을 인정받았다.

광대한 활주로에도, 주기장(공항에서 비행기를 세워두는 곳_편집자)에도 여객기가 보이지 않았다. 보이지 않는 것은 비행기만이 아니었다. 사람도 없었다. 전용 비행기에서 내려서 공항 건물로 들어가자 수하물 검사 기계와 입국심사 카운터만이 외로이 서 있었다.

수도에 있는 국제공항치고는 규모가 작은 편인지도 모르지만 직원도, 승객도 없는 그곳은 너무나도 고요하고 거대한 공간이었다.

전용 비행기에서 내린 국경없는의사회의 해외파견 직원은 나를 포함해 다섯 명이었다. 각자 예멘의 다른 장소에서 활동하기 위해 파견되었다.

우리 다섯 명은 한 덩어리가 되어 이 무인 공항을 어떻게 빠져나가면 좋을지, 두리번거리면서 안쪽으로 들어갔다.

그곳으로 국경없는의사회 재킷을 입은 사람이 찾아왔다. 우리의 입국수속을 담당하는 예멘인 직원이었다.

그가 웃으면서 환영해주자 우리의 마음이 조금 누그러졌다. 그는 여자인 나에게 미리 준비한 장미 한 송이를 선물로 주었다.

"이봐, 우리한테는 장미 없어?"

"미안, 난 여성한테만 친절한 사람이야."

남자 파견 직원들이 일부러 장난스럽게 물고 늘어지자 그가 유머 있게 받아쳤다. 방금 전까지만 해도 사람의 기척이 느껴지지 않던 공항 안에 웃음소리가 크게 퍼졌다.

입국 코디네이터인 그는 우리 모두의 여권과 입국 허가증 복사본을 받아들고서 공항을 관리하는 반정부 측의 책임자를 찾기 시작했다.

입국하려면 정부를 대신하여 그들이 발행한 입국 허가증이 필요했다. 이 입국 코디네이터가 입국 허가증을 사전에 취득해 우리에게 보내면 우리는 각자 자국을 출발하기 전에 사무국을 통해 복사본을 받았다.

휑뎅그렁한 공항에서 우리는 공항을 관리하는 반정부 소속의 병사 몇 명을 찾아냈다. 그들은 공항을 관리한다기보다 탈취한 공항 안에서 적당히 시간을 때우고 있는 느낌이었다.

이때는 국경없는의사회를 제외하고는 출입국자가 없어서 딱히 할 일도 없었을 것이다.

그들은 바닥에 누워 있거나 '카트'를 씹었다. 카트란 각성 성분이 들어 있는 잎을 말한다. 카트는 예멘의 남성 사회에서 사람들과 어울릴 때 빼놓을 수 없는 것으로, 중독성이 있다. 일본 사람들이 음주를 즐기는 것과 비슷하다.

병사들은 이미 카트에 취한 상태로, 우리의 입국에는 전혀 관심이 없었다.

입국 코디네이터가 그들에게 정중하게 말을 걸자 한 사람이 귀찮은 듯이 일어섰다. 그리고 우리 다섯 명의 여권과 입국 허가증 복사본을 수거하여 어딘가로 사라졌다.

몇 분 후에 우리는 여권을 모두 돌려받았고, 그렇게 입국심사가 종료된 모양이었다. 나는 코디네이터의 심정이 느껴져 가여운 생각이 들었다. 그는 해외에서 자신들을 지원하러 온 우리를 마음속으로 환영하고 있었다. 그의 태도와 행동에서 그것을 느낄 수 있었다. 그런데 타락한 병사의 무성의한 모습을 보여줄 수밖에 없어서 그는 우리에게 부끄러워하는 듯했다.

세계유산의 도시에서

예멘의 국내 정세가 안정적이던 시절에 예멘에 관광차 방문한 사
람이라면 '세계에서 가장 오래된 마천루'로 알려진, 사나의 건물에
대해 말할 것이다. 사나에는 햇볕에 말린 벽돌로 지은 아랍의 풍치
를 짙게 간직한 건물들이 있다. 특히 사나의 구시가는 세계유산에
등록될 정도로 아름다운 지역이다.

나는 2016년과 2017년에도 예멘에 파견되어 그때마다 사나를 지
나갔으나 끝내 구시가를 방문하지는 못 했다. 디즈니 영화 〈알라딘〉
에 나올 것만 같은 이국적인 건물들을 실제로 볼 수 있는 기회였는데,
그 근처를 지나가면서도 직접 보지 못하는 것이 못내 아쉬웠다. 특히
2015년은 엄중 경계태세에 들어가 사나 시내로 이동하는 것이 제한되
었다.

예멘은 1990년에 남북이 통일되었다. 그때 시작된 살레(Ali
Abdullah Saleh) 대통령 정권은 부정과 부패, 비리로 점철되었고 대통

령 본인도 사리사욕을 채우는 데만 관심이 있었다.

'아랍의 봄'이 발발하여 민주화 운동이 활발해진 2011년, 예멘의 청년들도 들고일어났다. 시위가 확산되자 30년 넘게 독재하던 살레 대통령이 권좌에서 쫓겨났다. 하지만 그 후의 예멘 정세는 심하게 불안정해졌다. 새로 탄생한 하디(Abd Rabbuh Mansur al-Hadi) 정권과 퇴진한 살레에 충성을 맹세한 반정부파의 충돌이 끊이지 않았다.

수도 사나의 동쪽에 위치한 도시 마리브는 예멘 내전이 벌어지는 최전선 중 하나가 되었다. 지상을 지배하는 것은 후시파라는 반체제 무장집단으로 공항의 타락한 병사들도 그 일원이었다.

그리고 이들을 하늘에서 공격하는 것이 정부군을 지지하는 사우디아라비아가 주도하는 아랍연합군이었다. 산 하나를 사이에 두고 맞은편에서 이루어지는 공중폭격의 진동이 이곳 사나까지 전해졌다.

공중폭격은 동이 트는 것과 동시에 시작되어 저녁나절까지 계속되었다. 몇 킬로미터 떨어진 곳인데도 바로 옆에서 공중폭격이 일어나는 것처럼 느껴졌다. 대개는 냉정을 유지할 수 있었지만 방심하고 있을 때는 심장이 오그라들고 식은땀이 났다.

국경없는의사회 숙소의 창문이란 창문에는 모두 투명 테이프를 엑스(X)자 형태로 붙였다. 유리가 깨져 파편이 날아오지 못하게 대비한 것이다. 실제로 금이 간 창문도 있었다.

처음에 전문가들은 마리브에 있는 후시파가 곧 패하고 그 기세로 정부군이 단숨에 사나까지 밀고 들어와서 수도도 전투에 휘말릴 것이라고 관측했다. 그들은 그런 일이 당장 내일 일어나도 이상하지 않다고 떠들어댔다. 하지만 이 예측은 완전히 빗나갔다.

후시파의 끈질긴 모습에 모두가 놀란 듯했다. 결국 마리브의 전선이 사나까지 번지는 일 없이 우리 팀은 2주 만에 해산했다. 전황이 변하면 활동 계획도 바꿀 수밖에 없다.

이때 모인 팀원은 나를 포함하여 전부 다섯 명. 프랑스에 망명한 시리아인 마취과의, 일본인 정형외과의, 프랑스인 응급의, 프랑스인 응급 간호사였다.

이 2주간 우리는 사나에 있는 한 병원의 도움을 받아서 만에 하나 발생할지 모를 전투 피해자를 수용할 수 있게 물자와 의약품을 옮기고 만반의 준비를 했다. 현지 병원 직원들과 어떻게 협력할지에 관해 논의하고 긴급 상황이 발생했을 때를 대비하여 모의실험도 거듭했다.

계획과 달리 팀이 해산하게 되자 바로 고국으로 떠난 의사가 있는가 하면 프랑스인 응급의와 간호사처럼 사나의 병원에 조금 더 머물면서 응급실을 지원하고 싶다고 나선 사람도 있었다.

그럼 나는 어떻게 할 것인가?

죄책감에 사로잡혀

사나에 머무는 동안 나는 일본에 있는 남자친구와 매일 메시지를 주고받았다. 10월 말에 접어들자, "이곳 일본에서는 슬슬 단풍이 화제에 오르고 있어"하고 그가 알려주었다.

"이번에는 계획이 변경되어 빨리 돌아갈 수 있을 것 같아."

"수고. 귀국하면 같이 여행가지 않을래?"

남자친구와 이런 대화를 나누다 신이 나서 단풍과 온천을 즐기기 위한 여행지를 물색하기도 했다.

나는 귀국하는 날을 몹시 기다렸으나 마음에 걸리는 문제가 있었다. 파키스탄과 시리아에서 함께 일한 적이 있고, 서로를 '시스터'로 부를 정도로 친하게 지내던 캐나다인 의사 스테파니가 같은 시기에 예멘 북부의 국경없는의사회 활동지에 파견 나와 있었다.

예멘 북부에는 공중폭격이 격렬히 벌어지고 있는 지역이 몇 군데 있다. 국경없는의사회에서는 그곳에 구호 지원을 나가고 싶어 했다.

하지만 너무 위험한 상황이라 전선 근처에 머물면서 지원 활동을 하기는 어려웠다. 대신 전선에서 떨어진 장소에 베이스캠프를 차리고 소수로 팀을 꾸려 매일, 혹은 정기적으로 현장에 가서 단시간 지원하기로 결정하고 얼마 전에 팀을 결성했다. 이런 지원 형태를 '아웃리치(outreach. 방문지원)'라고 한다.

스테파니가 그 아웃리치 팀의 리더로 임명되었다. 나는 스테파니와 수시로 연락을 주고받았는데 그녀는 나에게 꼭 와주었으면 좋겠다고 말했다.

듣자 하니 그녀가 이끄는 팀에서 지원하려는 세 군데 의료시설에는 현지 직원이 의료 기재와 기구를 돌려써서 감염의 위험이 높았고, 그 위험을 방지하기 위해 그녀는 멸균실을 만들고 싶어 했다. 그래서 수술실 간호사인 내 지식과 경험이 필요하다고 했다.

나는 바로 대답하지는 않았다. 남자친구가 마음에 걸렸기 때문이다. 하지만 머리로는 내가 그녀의 요청에 응하리라는 걸 알고 있었다. 단지 그에게 뭐라고 설명하고 변명하면 좋을지 고민했다.

내가 이곳에서 머무는 기한을 연장하고 스테파니와 함께 일하면 많은 사람을 도울 수 있다. 이 일이 끝나고 일본으로 돌아가면 언제든 온천에 갈 수 있다. 굳이 단풍이 물드는 시기가 아니어도 괜찮지 않을까?

그런데 이런 생각이 과연 그에게 통할 것인가? 그는 이해해줄 것인가?

결국 나는 그에게 뭐라고 말해야 좋을지 모른 채 일단 스테파니에게 가겠다고 답을 보냈다.

그러자 일이 일사천리로 진행되었다. 스테파니가 인사부에 연락해서 정식 요청을 보낸 것과 동시에, 다음 날 나는 사나에서 북부로 이동하라는 통보를 받았다.

"예멘의 다른 곳에서 지원이 꼭 필요하다고 해서 장소를 이동하게 됐어. 멸균실을 만드는 것만 지원하면 되니까 그렇게 오래 걸리지는 않을 거야."

"알았어. 그래서 귀국은 언제쯤인데?"

그가 귀국 날짜를 물을 때마다 나는 대답을 망설였다. 이런 지원 작업은 원래 끝이 보이지 않는 법이다.

한번은 그에게서 전화가 왔다.

"뭐야, 지금 그 소리. 혹시 총소리야?"

정말로 타이밍이 나쁘게도 대화 도중에 총성이 나는 바람에 그가 그 소리를 듣고 말았다.

이 일이 있고 나서 차츰 그와의 대화가 줄어들었다. 그에게 걱정을 끼칠 때마다 마음이 아팠고 분쟁지에 머무는 것 자체에 죄책감을 느끼게 되었다.

전통 건축물이 즐비한 산

내가 스테파니 팀에 합류하기 위해 간 곳은 암란 주의 카미르라는 도시였다. 사나에서 차로 5시간쯤 북쪽으로 올라가면 나온다. 카미르에는 국경없는의사회 소유의 큰 숙소가 하나 있었다. 이곳에서 따로따로 활동하는 네 팀이 섞여서 침식을 함께했다.

첫 번째 큰 팀은 숙소에서 걸어서 갈 수 있는 거리에 있는 한 종합병원을 돕고 있었다. 또 한 팀은 차로 30분쯤 걸리는 거리에 있는 난민 캠프에서 이동진료를 하고 있었다.

세 번째 팀이 스테파니가 인솔하는 우리 아웃리치 팀이었다. 우리 계획은 세 군데 의료시설을 요일마다 방문하여 지원하는 것이다. 각각의 장소는 서로 떨어져 있어서 어느 곳이든 카미르에서 2시간쯤 걸린다. 스테파니는 이미 세 군데 의료시설의 시찰을 마쳤다.

그리고 네 번째 팀은 하이단이라는 지역에 있는 병원에서 활동하는 팀이다.

212

이 네 팀 중에 전선과 가장 가까운 장소에서 활동한 것이 하이단 팀이었다. 그들은 카미르에서 더 북쪽에 있는 사우디아라비아 국경에 가까운 사다 주까지 달려갔다. 활동 장소가 멀어서 일단 가면 일주일 동안은 돌아오지 않았다.

네 팀의 팀원을 합치면 열여덟 명쯤 되는데 모두 한 방에서 생활했다.

스테파니는 나보다 다섯 살쯤 어리지만 빠른 판단력과 행동력을 겸비한 훌륭한 팀 리더였다. 일에서는 내가 그녀에게 완전히 의지했으나 평소 그녀의 성격은 천진난만하고 순진하고 귀여워서 친한 여동생처럼 느껴졌다.

그녀의 눈동자 색깔은 특징이 있다. 한쪽은 블루, 다른 쪽은 그린이다. 스테파니는 하얀 살결에 밤갈색 머리카락, 두 눈동자의 색깔이 몹시 아름다워서 나도 모르게 넋을 잃고 볼 때가 있다.

그녀가 이끄는 아웃리치 팀에는 20대의 프랑스인 여자 간호사와 예멘인 남자 로지스티션도 있었다. 나를 포함한 총 네 명이 기지 안의 작은 팀이었다. 이 외에 통역과 때에 따라서 현지에서 고용한 전기기사와 배관공 등도 합류했다.

우리가 방문할 의료시설은 북부의 산악지대 여기저기에 흩어져 있었다. 차멀미를 하는 나는 산길 드라이브가 고통스러웠으나 한편으로는 가는 내내 할 말을 잃을 정도로 멋진 광경에 감탄했다.

예멘은 국토의 약 70%가 산악지대다. 사나와 카미르도 원래 표고가 높다. 일 년에 두 번 있는 우기에는 산 전체가 초록으로 뒤덮이는데 우리가 갔을 때는 건기여서 사방이 적갈색 바위투성이였다.

적갈색의 표면이 그 아래 펼쳐진 밭과 수목의 초록색, 그리고 푸른 하늘과 대비되어 무척이나 아름다웠다.

커브를 돌 때마다 표고가 높아지면서, 연료용 마른 나뭇가지를 한 무더기 머리에 이고 걷는 여자와 나무 막대기를 들고 양 떼를 모는 소년이 나타났다가 사라지곤 했다. 산악지대에 사는 강인한 예멘 사람들의 일상 모습을 볼 수 있었다. 이따금 채소와 과일을 산더미처럼 쌓은 픽업트럭이 보였다. 휘발유를 실은 대형 트레일러가 저속주행으로 배기가스를 마구 뿌려대면서 언덕길을 올라올 때도 있었다.

산비탈 일대에 예멘의 전통 산악 건축물이 줄지어 늘어서 있는 광경은 압권이었다. 이 집을 짓기 위해 네모나게 자른 갈색 암석을 위로 쭉 쌓아 올렸다고 한다.

나는 매일 이런 곳을 지나 몇 군데의 의료시설을 방문했다.

"그래서 우리가 온 거야"

처음 이곳 의료시설에 들어섰을 때, 나는 그 참상에 깜짝 놀랐다. 어느 곳이나 건물이 반쯤 허물어지거나 일부가 붕괴되어 있었다. 공중폭격 때문이었다. 붕괴된 건물 주변에는 환자들로 붐볐다. 하지만 의료시설 안에는 의사의 모습이 보이지 않았다.

그 많은 환자를 몇 명의 간호사와 의료 경험이 없는 사람들이 돌보고 있었다. 진단을 못하는 그들이 치료를 제대로 할 리가 없다. 다들 자기 식대로 아무렇게나 처치하고 있었다.

접수처도 진료기록부도 없었다. 들은 대로 그들은 기재를 돌려쓰고 있었다. 의료 폐기물을 제대로 처리하지도 않았다. 의료물자와 의약품마저 부족한 상황이라 그곳에서 일하는 사람들은 마치 다들 헛바퀴를 돌리고 있는 것처럼 보였다.

환자 중에는 아이를 안은 엄마, 배가 남산만 한 임산부, 노인들도 많이 있었다. 우리는 그들 사이를 헤치면서 진찰실로 향했다.

도대체 어디서부터 어떻게 개선해야 한단 말인가.

"그래서 우리가 온 거야."

내가 기가 막혀서 아무 말도 못 한 채 서 있자, 내 마음을 들여다보기라도 한 듯 스테파니가 천진난만하게 웃으면서 말했다.

이 의료시설은 내전이 시작되기 전인 5개월 전까지는 의사도 다른 직원도 버젓이 일하고 있었고, 응급과, 외과, 산부인과 등도 각자 제대로 기능했던 모양이었다.

그런데 공중폭격이 시작되었고 이 지역 사람들은 주변의 동굴로 피신했다. 공중폭격이 끝나 그들이 다시 돌아왔을 때는 건물이 파괴되어 있었고 의사들은 돌아오지 않았다.

공중폭격을 받은 것은 의료시설만이 아니었다. 수많은 가옥과 시장이 파괴되었고, 기껏 살아 돌아왔지만 집을 잃은 시민은 공중폭격을 면한 학교, 행정기관 건물, 병원 건물 주변 헛간에서 부대끼며 살았다.

이곳에서는 구호단체의 그림자도 볼 수 없고 최소한의 의식주를 해결하기에도 모든 것이 턱없이 부족했다.

우리는 요일마다 갈 곳을 정해 몇 군데의 의료시설을 방문하기 시작했다. 예멘에서는 안전이 확보되지 않으면 이동할 수가 없었다. 그래서 예멘의 상공을 지배하는 사우디아라비아와 지상을 지배하는 후시파 양쪽에 우리의 이동 스케줄을 제출하여 사전에 '이동 허가'를 받아야 했다.

후시파는 지상을 지배했으므로 검문소가 많았다. 그 검문소를 통과하기 위해 매번 직원 전원의 허가증을 새로 받아야 했다. 또 제출해야 하는 서류가 그때그때 변경되어 담당 로지스티션은 이 일만으로도 분주했다.

사우디아라비아는 '이 시간대에는 그 경로에서 공중폭격하지 않는다'라는 보증을 해주었으나, 그 시간은 하루 중 극히 일부로 제한되었다.

시간 내에 다녀오려면 아침 8시 반에 숙소를 출발해 현지에 10시경에 도착, 오후 1시 반에는 현지를 떠나지 않으면 안 되었다. 1초도 허투루 쓸 수 없었다. 한 의료시설에 일주일에 두 번 방문, 한 번에 머무는 시간은 약 3시간, 이것이 우리에게 주어진 시간이었다.

의료시설의 직원과 환자 모두 우리의 방문을 애타게 기다렸다. 도착하니 수많은 사람이 건물 앞에서 손을 흔들며 반갑게 맞이해주었다. 개중에는 주변 지역으로 흘러온 피난민들도 섞여 있는 듯했다. 특히 아이들이 우리를 무척 환영해주었다.

스테파니는 나에게 터무니없는 과제를 맡겼다.

"이 세 군데 의료시설에 멸균실을 만들어줘."

이는 원래부터 내가 그녀의 팀에 들어온 이유였으나 실제로 현장을 방문해보니 도무지 불가능해 보였다. 공중폭격으로 수도도 전기도 나오지 않았다. 이런 환경에서는 멸균 기계가 작동하지 않는다.

멸균 기계의 작동원리는 압력솥을 상상하면 이해하기 쉽다. 구조가 같기 때문이다. 일정한 고압과 고온을 지속시켜서 단기간에 확실하게 세균, 미생물, 포자를 죽여서 없애는 것이다. 그러려면 안정적이면서 높은 전력이 필수다. 또 '포화수증기'라는 고온의 수증기를 만들기 위해 물도 필요하다.

"무리야. 전기도, 물도 없는데."

우리처럼 열악한 상황에서 구호활동을 하다 보면 포기할 때는 깨끗하게 포기하지 않으면 안 된다. 못 하는 건 못 하는 것이다.

그런데 그녀는 내 어깨에 손을 얹고 빙그레 웃으며 천연덕스럽게 말했다.

"Yuko, be creative(창의력을 발휘해)."

처음에는 난감했다. 하지만 반드시 하지 않으면 안 된다는 생각으로 창의력을 발휘하면 정말로 아이디어가 떠오르니 참 신기하다.

전기를 쓰지 못하면 가스를 쓰고, 싱크대가 없으면 양동이로 대체하고, 물이 없으면 밖에서 퍼오면 된다. 노동력은 들지만 이론적으로 불가능하지는 않았다.

아니, 실제로 해보니 정말로 기재를 세정, 소독, 멸균하는 시스템이 만들어졌다.

한편 스테파니도 고전하고 있었다. 국경없는의사회는 지원하는 의료시설에서 모든 무기 소지를 금지했다. 하지만 예멘 사회에서 총은 남성의 상징이었다. 남성들이 칼라시니코프(Kalashnikov. 러시아의 총기 개발자. 그의 이름을 딴 자동 소총을 가리킨다._역주)를 한쪽 어깨에 걸치고 걸어 다니는 모습을 도처에서 볼 수 있었다.

이 의료시설 안에도 칼라시니코프를 멘 사람이 한가득이었다. 무장해제는 국경없는의사회가 활동을 시작하는 대원칙 중 하나였다.

칼라시니코프를 소지한 사람들이 무장하려는 의도가 있는 것은 아니었다. 그런 만큼 총 소지를 금지하겠다는 우리의 방침에 대한 이해를 얻기란 쉬운 일이 아니었다.

스테파니는 그 지역 사회의 지도자와 협상을 거듭하면서 건물 문 앞에서 무기를 점검하고 무장해제하기로 방침을 정했다. 참고로 매번 다른 사람이 지역 사회의 지도자라고 자처하며 나타나는 바람에 그녀는 골탕을 먹었다고 한다.

프랑스인 간호사 샤를로트는 국경없는의사회가 기부한 의료물자와 약품을 의료시설 안에 정리하여 비치하고, 현지 간호사에게 기술도 지원했다. 로지스티션은 의료 쓰레기 분리와 소각로를 설치하는 일부터 시작해서 무너진 건물 내부를 조금씩 수리해나갔다.

느리기는 하지만 망가졌던 의료시설이 눈에 띄게 개선되어가는 것을 보며 우리는 매일매일 일하는 것이 즐거워서 견딜 수 없었다.

최고의 대접

그러던 어느 날, 50대쯤 되어 보이는 남자 주민이 나를 손짓으로 불렀다. 따라오라고 말하는 듯이 계속 손짓하면서 건물 밖으로 나를 데리고 나갔다. 그가 무척 진지한 표정이라 무슨 일인지 궁금했다.

그가 나를 데려간 곳에는 콘크리트 위에 주전자와 컵이 놓여 있고 맛있는 홍차가 준비되어 있었다. 솔직히 일이 무척 바빴으나 이런 귀중한 초대를 바쁘다는 핑계로 거절할 수는 없었다. 내가 자리에 앉자, 어른, 아이 할 것 없이 자연스레 모여들어서 결국에는 많은 사람이 나를 에워쌌다.

아주 조금 아라비아어를 공부한 나는 그들과 더듬더듬 말을 주고받았다. 그들이 살던 마을은 사우디아라비아 국경 부근에 있는데 공중폭격이 심해서 그곳을 떠나 지금은 이 의료시설 주변의 헛간에 묵고 있다고 했다.

생활은 말로 다 하기 힘들 정도로 열악할 것이다. 하지만 그들은 나처럼 외부에서 온 손님을 대접하는 마음 씀씀이를 간직하고 있었다. 나는 분쟁국인 예멘의 오지에서 이런 사람들과 교류할 수 있다는 것이 기적처럼 느껴져 이 사실을 세상을 향해 큰 소리로 알려주고 싶었다.

다른 의료시설에서는 주민들이 우리의 점심을 준비해준 적이 몇 번 있었다. 시간제한 때문에 평소에는 마음이 아파도 거절했으나 딱 한 번 그들과 함께 점심을 먹었다. 예멘에서는 함께 밥을 먹는 것이 최고의 대접이다.

그날은 스테파니의 결단으로 일을 서둘러 끝내고 모두가 현지인들과 어울리며 즐겼다. 한창 점심을 즐기는 와중에 비행기 소리가 들렸다. 순간, 모두가 손을 멈추고 하늘을 쳐다보았다. 다행히 비행기는 그냥 지나갔고 다시 돌아오지 않았다. 덕분에 점심을 끝까지 즐길 수 있었다.

비행기 소리를 듣고 공중폭격을 떠올리는 일을 예멘 사람들은 하루에도 몇 번이나 경험하는 것이다.

10월 26일, 내가 스테파니와 함께 아웃리치를 막 시작했을 무렵이다. 엄청난 사건이 일어났다. 하이단 병원이 공중폭격을 받아서 건물이 전소되었다. 다행히 공중폭격이 밤에 일어나서 직원과 환자 중에 피해자는 단 한 명도 나오지 않았다. 하지만 우리의 정신적 충격은 이루 말할 수가 없었다.

하이단 팀 중 두 명은 마침 카미르로 돌아갈 시기였다. 한 명은 영국인 여자 의사로 분쟁지 활동 경험이 풍부했다. 하이단 병원도 내전의 영향으로 의료 환경이 붕괴되었으나 그녀의 착실한 노력으로 다시 일어나서 응급, 외래, 산부인과를 중심으로 시스템이 돌아가기 시작하던 참이었다.

그녀는 남을 돌보기를 좋아해 숙소에서는 신입인 나를 여러 가지로 챙겨주었다. 밝고 싹싹한 성격이었다.

또 한 명은 프랑스에서 온 로지스티션으로 폐기물 처리 개선과 물자 기부 업무 등을 담당했다. 경험이 풍부한, 큰 체구에 수염을 기른 과묵한 50대 남자였다. 표정 변화가 거의 없어서 언뜻 보면 무섭지만 마음이 따뜻하고 친절한 사람이었다.

하이단 병원의 재건 과정은 우리 아웃리치 팀의 모델이었다. 그 하이단 병원이 하룻밤 사이에 완전히 파괴되어 인근에 사는 20만 명이 졸지에 의료시설을 이용하지 못하게 되었다.

이 두 사람은 하이단에 머무는 동안에 병원 부지 안에서 침식을 해결했다. 만약 그들이 그날 하이단 병원에 머물렀더라면 죽었을지도 모른다. 지금 그들은 어떤 심정일까? 이럴 때, 동료로서 그들을 어떻게 대하면 좋을까? 베테랑인 그들에게 내가 어떤 위로를 해줄 수 있을지 알 수 없었다.

두 사람은 의연했으나 화가 난 것처럼 보이기도 했다.

이별

이 사건은 앞서 언급했던 아프가니스탄 병원에 공중폭격이 있은 지 3주 후에 일어났다. 일본에서 예멘 정세가 거론되는 일은 드물다. 그런데 이때 나는 일본 텔레비전 방송국으로부터 생중계 의뢰를 받았다.

"하이단 병원 공중폭격에 대해서만이 아니라 예멘의 참상을 전부 일본에 알려. 환자의 목소리를, 외침을 전하는 거야. 그리고 여러 기관에 지원을 호소해. 너무 위험한 사진은 보내지 말고. 그러면 지원이 들어오지 않을 테니까. 안전하게 활동하는 방법은 얼마든지 있다고 말해. 예멘만큼 세상에 버림받은 나라는 없어. 빌어먹을. 유코, 부탁해."

중계를 시작하기 전에 카미르에서 열여덟 명을 이끌었던 팀 리더인 히카르두(Ricardo)가 내게 이렇게 당부했다. 그도 무척 화가 난 상태였다.

히카르두가 말한 대로 예멘에서는 의료만이 아니라 시민 생활에 대한 지원도 절대적으로 부족했다. 수많은 구호기관이 들어오지 않으면 우리가 의료지원을 하더라도 피난민의 생활은 여전히 열악할 수밖에 없다. 우리의 활동만으로는 그들의 삶 구석구석까지 영향을 미치지 못한다.

나는 히카르두의 조언대로 하고 싶은 말을 확실하게 전했는데 바다 너머의 시청자에게는 얼마만큼 전달되었을까?

수많은 사람이 치료받기를 바라지만 한 번의 공중폭격이 희망의 불씨를 간단히 꺼버린다. 병원이나 의료인에게 공격을 가하는 것은 어떤 이유든 용납해서는 안 된다. 그래도 세계는 그러한 짓을 되풀이한다.

이 세상에 공중폭격을 계속하는 사람이 있는 한, 나는 구호 현장에 몸담으며 고통스러워하는 환자들 곁에 쭉 있어야 하지 않을까? 나는 일본에 귀국하면 사무직을 구하려고 했으나 결국 일본의 안전한 사무실은 내가 있을 곳이 아니라는 결론을 내리게 되었다.

이날, 나는 사무직에 지원하려고 썼던 이력서를 컴퓨터에서 삭제했다.

내가 귀국한 것은 12월 중반이었다. 단풍은 진즉에 졌고 눈이 흩날리는 날도 있었다.

"눈을 구경하면서 온천을 즐기는 것도 좋지"라고 말하는 내게 남자친구는 "우리는 친구로 돌아가는 편이 좋겠어"라고 말했다. 사실

내가 그렇게 말하게 만든 것이나 다름없었다.

나는 그 말을 순순히 받아들였다. 이렇게 되리란 것을 귀국 전부터 알고 있었다. 이것이 서로에게 최선의 결과인 셈이다.

이렇게 해서 우리의 관계는 끝났다.

나는 그와 어떻게 하고 싶었던 것일까?

나로서는 그와 분쟁지의 고통받는 환자가 똑같이 소중했다.

앞으로도 쭉 그와 수다를 떨고 함께 밥을 먹고 산책을 하는 소소한 일상을 공유하고 싶었다. 장래를 약속한 것은 아니었지만 그렇게 되면 참 근사하겠다고 생각한 적도 있었다.

하지만 무너진 병원으로 도움을 청하러 밀려드는 수많은 환자와 의사도 없이 분투하는 간호사의 모습을 머리에서 지울 수가 없었다. 그런 세계를 버리다니 도저히 불가능했다.

그는 이유를 말하지 않았고 나도 이유를 묻지 않았다.

그가 물러난 것은 내가 싫어졌기 때문인지도 모른다. 아니면 내게 더는 여성으로서의 매력을 느끼지 못해서인지도 모르고, 어쩌면 분쟁지에서 고통받고 있는 환자들을 위해서였는지도 모른다.

1장

세계에서 가장 거대한 감옥에서

—팔레스타인 & 이스라엘에서

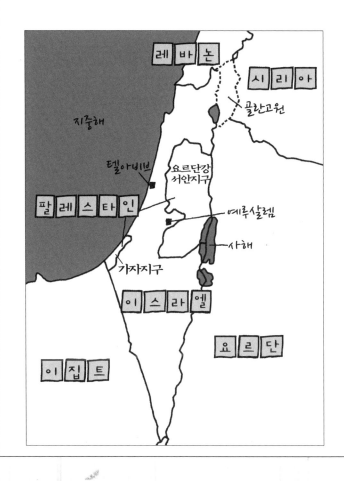

세계에서 가장 거대한 감옥

2015년 12월 중반에 예멘에서 귀국한 후 남자친구와는 그대로 헤어졌다. 그와 헤어진 날, 도시의 크리스마스 장식물을 설레며 구경하는 사람들 사이를 지나 겨우 집으로 돌아왔다. 집에 오자마자 바로 거실 바닥에 주저앉았다.

눈앞에 있는 쿠션에 그대로 윗몸을 던지고 한동안 움직이지 않았다. 실컷 울면 속이 편해질 줄 알았는데 그럴 힘조차 나지 않았다. 마음속 번민이 언제까지나 제자리를 맴돌았다.

사실은 울면서 멈춰 서 있을 시간이 없었다. 몇 주 후에 팔레스타인의 가자지구로 출발하기로 되어 있었다. 도쿄의 맨션을 그때까지 비워야 한다.

예멘에서 출발한 시점에는 귀국하면 여전히 이곳에 살 계획이어서 집세를 꼬박꼬박 냈지만 가자지구로 가는 것이 정해지면서 해약하기로 했다.

팔레스타인의 가자지구는 평생에 한 번은 가보고 싶은 곳이었다. '세계에서 가장 거대한 감옥'이라 불리는 그곳의 실상을 내 눈으로 직접 확인해보고 싶었다.

가자지구에서 국경없는의사회가 활동한 역사는 길다. 하지만 당시 국경없는의사회에서 진행하던 프로젝트에 수술실 간호사는 필요하지 않았다. 그래서 나에게는 파견의 기회가 없을 거라고 생각했다.

그런데 이번에 국경없는의사회에서 운영하는 의료시설 두 곳의 전 부서를 총괄하는 간호 활동 책임자로 와달라는 요청이 온 것이다. 내가 수술실과 관련이 없는 일자리에서 일할 기회는 꽤 드물었다.

실상은 크리스마스 시즌과 연말에는 현장 파견 직원 구하기가 굉장히 어려워서 궁여지책으로 나에게 요청이 온 것이었다. 그때는 가자가 분쟁 상태에 놓여 있지 않아서 안전 면에서 그렇게 위험하지는 않았다. 분쟁지에 비하면 파견 간호사를 확보하기가 그렇게 어렵지 않을 터였다. 따라서 지금 이 시기가 아니면 내가 가자에 갈 기회가 없을지도 몰랐다. 이 제안은 내가 가자지구에 갈 다시없을 기회였다.

가자는 팔레스타인 자치구의 이름이다. 팔레스타인은 독립국가로 인정받지 못한 잠정 자치정부다. 가자지구가 세계의 어디에 있는지 알려면 먼저 이스라엘의 지리를 알아야 한다.

지도에서 이스라엘의 위치를 확인하면 본토에서 떨어진 두 곳의 팔레스타인 자치구가 자연히 눈에 들어온다. 한 곳이 가자지구이고, 또 한 곳이 요르단강 서안지구이다.

이스라엘은 1948년에 '독립선언'을 한 국가로, 중동에 위치한다. 서쪽으로는 지중해, 동쪽으로는 요르단강 서쪽(즉, 서안)에 있는 팔레스타인 자치구 사이에 낀 세로로 긴 지형을 갖고 있다. 북으로 레바논, 동북으로 시리아, 동으로 요르단, 남으로 이집트와 접한다.

원래는 영국의 위임통치령이었던 팔레스타인 지방이 1947년 유엔 팔레스타인 분할결의를 거쳐 현재의 이스라엘이 되었다.

이스라엘은 현재도 팔레스타인 자치구를 군사 점령하고 있다.

이스라엘은 세계 각지에 뿔뿔이 흩어져 살고 있는 유대인 혹은 유대인 어머니에게서 태어난 아이를 유대인으로 인정하고 이들에게 이스라엘 국적을 부여한다.

유대인이란 원칙적으로는 인종이 아니라 유대교 신자를 의미한다. 현재 이스라엘에 거주하는 압도적 다수의 시민은 전 세계에서 모인 유대인들이다.

팔레스타인 자치구 중에서도, 특히 가자지구는 이스라엘의 봉쇄로 180만 명의 팔레스타인인이 감금되어 있는 세계에서 가장 인구밀도가 높은 장소다. 가자지구는 이스라엘의 서쪽에 위치하며 지중해에 접해 있다.

면적은 좁아서 길이 50km, 폭 5~8km의 가늘고 긴 모양을 하고 있다. 사방이 벽과 담장, 바다로 둘러싸여 있고 해상 및 상공도 이스라엘이 관리한다. 철저히 봉쇄되어 '세계에서 가장 거대한 감옥' 혹은 '지붕 없는 감옥'으로 불린다.

어디로도 도망갈 데가 없는 폐쇄된 공간에 갇혀 있는 가자지구 팔레스타인 사람들에게 이스라엘은 몇 년에 한 번씩 대규모 공습을 펼친다.

최근 벌어진 2014년 공중폭격으로 2천 명이 넘는 사망자와 1만 명이 넘는 부상자가 나오고 2만 호 가까운 가옥이 파괴되었다.

이때 국경없는의사회에서 가자로 긴급 파견되었던 내 친구이자 '전우'인 의사 다나베는 가차 없이 퍼부어대는 이스라엘 측의 공중 폭격에 죽음을 각오했다고 현지에서 메시지를 보내왔었다.

이스라엘과 팔레스타인 문제를 정확히 알기 위해서는 300년도 더 전으로 거슬러 올라가지 않으면 안 된다. 나는 분쟁지를 지원하러 방문할 때, '내가 왜 그 나라에 가야 하는가'를 늘 의식한다. 그 나라의 문제를 구조부터 이해하지 않으면 인도적 지원을 해봤자 표면적인 것에 불과하기 때문이다.

하지만 팔레스타인 문제를 이해하는 데는 두 손 들었다. 나는 출발 전 짧은 시간 동안 여러 권의 해설서를 읽었으나 문제가 너무 복잡했다. 책 한두 권을 읽고 전체를 이해하려는 것이 무리였다.

출발 전에 운이 좋게도 〈히로카와 류이치─인간의 전장〉(요르단강 서안의 팔레스타인 자치구에 꾸준히 유입되고 있는 유대인들 앞에서 자신들의 토지를 지키려는 팔레스타인 사람들이 시위하며 이스라엘 경찰과 대치하는 모습을 최전선에서 그린 작품. 작가는 체르노빌 원전사고, 레바논 전쟁, 팔레스타인 자치구 등 위험한 현장에 목숨을 걸고 직접 뛰어들어 진실을 취재하는 것으로 유명하다._역주)이라는 영화가 개봉했다. 이 영화의 주인공 히로카와 류이치가 팔레스타인 문제를 오랜 세월 취재해

온 포토 저널리스트라는 것을 알고 있었다. 나는 팔레스타인의 상황을 공부하려고 영화를 보러 갔다.

이 영화는 시작부터 충격적이었다. 비무장 상태로 시위에 나가 항의하는 팔레스타인 사람들을 완전무장한 이스라엘 병사들이 고압적으로, 가차 없이 구속하는 장면이 가장 먼저 등장했다.

내가 놀란 것은 그러한 모습을 촬영하는 히로카와 류이치를 비롯한 보도기관에 대해 이스라엘 측이 촬영을 방해하기는커녕, 오히려 그 모습을 세계에 보여주겠다는 듯한 태도를 취한 것이다.

팔레스타인 사람들에게 아무렇지도 않게 폭력을 휘두르던 그들은 자신들의 비인도적 행위를 세계에 알려도 좋다고 생각하는것일까?

친한 신문기자가 이렇게 말해주었다.

"중동의 혼란을 잠재우려면 팔레스타인 문제를 해결하지 않으면 안 돼. 팔레스타인은 여러 가지가 복잡하게 얽혀서 대립이 뿌리 깊게 박혀 있는 곳이야."

대체 팔레스타인 시민들은 어떤 상황에 놓여 있는 것일까? 역시 한 번은 내 눈으로 직접 보고 오지 않으면 안 되겠다고 생각했다.

입국심사

2015년 12월 28일, 일본을 출발했다.

이왕이면 설(일본의 설날인 양력 1월 1일_역주)만이라도 일본에서 쉬고 가고 싶었으나 어쩔 수 없었다. 크리스마스 전에는 현지에 와주면 좋겠다는 본부의 요청에도 이미 이날까지 시간을 끈 상황이었다. 다음 세입자에게 맨션을 넘겨주는 문제도 있었고 출발 전에 가족과 조금이라도 더 함께 시간을 보내고 싶었다.

남자친구와는 헤어졌으므로 가자에 간다고 알리지 않았다. 그와 헤어지면서 '파견 나가는 사실을 소중한 사람에게 알린다'는 중요 임무에서 해방되어 마음이 편해졌다. 좋아하는 사람에게 걱정을 끼치면서 분쟁지로 출발하는 것만큼 마음이 쓰리고 찜찜한 기분이 되는 일은 없다는 것을 새삼 깨달았다.

팔레스타인의 가자지구에 들어가려면 이스라엘을 통과하는 것 외에는 방법이 없었다.

"이스라엘 입국심사에서는 다소 난관이 있을 거로 예상됩니다. 하지만 어찌 됐건 이스라엘에 입국하지 않으면 안 됩니다. 일단 입국하는 것만 생각해주세요."

출발 전에 국경없는의사회 일본 사무국의 출국 담당 직원이 내게 이렇게 말했다. 그는 외국으로 떠나는 파견 직원의 출입국 관리를 전담하는 전문가였다. 최신 비자와 입국에 관한 사정에 밝아서 출발하는 사람을 대신해 비자와 항공권을 가장 신속하게 수배해주었다.

그가 이스라엘의 입국심사에서 직면할 문제와 예상되는 질문을 리스트로 정리해주었다. 또한 거기에 맞는 대응 방식도 가르쳐주었다. 나는 그 내용을 머릿속에 새겨 넣었다.

가자지구에 몇 번인가 취재하러 간 경험이 있는 저널리스트도 비슷한 말을 했다.

"이스라엘은 가자지구에 구호활동을 하러 가는 사람에게 골탕을 먹이지만 어디까지나 골탕을 먹이는 게 목적이지 입국을 거부하는 건 아니니까 괜찮아."

12월 29일, 텔아비브 공항에 도착했다. 이스라엘이 주장하는 수도는 예루살렘이지만 유엔은 인정하지 않아서 대부분 나라의 대사관이 텔아비브에 있다.

입국심사에서는 출국 담당 직원이 사전에 준비해준 서류 몇 개를 제출하고 심사대의 직원이 같은 질문을 여러 번 되풀이해도 끈기 있게 대답했다.

심사 직원이 바뀌거나 그 사이에 대기하는 시간도 있었으나 걱정했던 것에 비하면 20분이라는 짧은 시간 안에 입국심사가 종료되었다. 나는 '뭐야, 별거 아니네' 하며 종종걸음으로 공항을 빠져나왔다. 그때는 진짜 골탕 먹을 일은 출국할 때에 기다리고 있다는 것을 알 턱이 없었다.

그날은 예루살렘에 있는 국경없는의사회의 숙소에서 하룻밤 묵었고 다음날인 30일에 드디어 가자지구에 들어가게 되었다. 이스라엘이 군사 점령을 하고 있는 가자지구에 들어가려면 예레츠라고 하는 검문소를 통과해야 한다. 얼핏 보기에 공항을 연상시키는 박스 모양의 건물로 검문소치고는 큰 편이다.

이곳이 봉쇄된 가자로 가는 외부 사람들의 출입구이다. 물자용 출입구는 또 다른 장소에 설치되어 있어 나 같은 구호기관에서 일하는 사람과 저널리스트가 주로 이곳을 지나가게 된다.

이곳에서는 짐을 엄격하게 검사하는데, 가령 고성능 카메라 렌즈는 가자 안에서 군사용으로 전용될까 봐 몰수한다.

경비를 선 이스라엘 병사들은 어깨에 소총을 메고 있고 무기가 장착된 조끼를 입고 있었다. 내가 지금까지 다른 나라에서 봤던 소총은 목제 부품으로 된 갈색 제품이 많았는데(앞에서 언급한 칼라시니코프가 개발한 AK-47 류의 소총은 덮개와 개머리판이 목재인 버전이 많다._편집자), 이스라엘 병사가 휴대하던 소총은 새까만 금속제로 보기만 해도 섬뜩했다.

검문소 안에는 공항 출입국 검사소 같은 부스가 몇 군데나 있었다. 방탄유리로 보이는 칸막이가 세워져 있어 검문 직원은 이쪽과 전혀 접촉하지 못하도록 설계되어 있었다.

그 부스 안에서 젊은 여자 검문 직원이 위압적인 태도로 가자에 가는 목적, 머무는 장소, 연락처 등을 꼼꼼하게 물었다.

그 과정이 끝나면 이번에는 으리으리한 철제 회전문이 차례로 등장한다. 커다란 짐을 갖고 들어가지 못하게 하려는 목적인 듯하다.

여행가방의 방향을 요리조리 돌리면서 마지막 회전문을 통과해 겨우 건물 밖으로 나올 수 있었다. 그런데 이번에는 철망으로 완전히 봉쇄된 통로가 1km쯤 이어져 있어 그곳을 걸어야 했다.

이곳이 예레츠 검문소와 가자와의 사이에 설치된 완충지대이다. 예레츠 검문소도 이 완충지대도 무인기구에 의해 상공에서 감시되고 있어, 무단으로 침입하면 위협사격을 당한다.

그렇다고 가자 안의 팔레스타인인이 신청하여 이곳을 통과할 수 있느냐 하면 그건 불가능에 가깝다. 이스라엘 측은 180만 명에 이르는 가자 시민의 호적을 철저히 관리하여 긴급한 치료 목적 등 웬만한 이유가 아니고서는 출입 허가를 내주지 않는다.

단단한 철망으로 둘러싸인 1km 길이의 통로를 빠져나가면 드디어 가자 측 검문소에 도착한다.

팔레스타인 사람들이 살가운 미소로 나를 반겨주었다. 내가 알고 있던 사람 냄새 나는 따스한 아랍의 공기를 느낄 수 있었다. 비로소 안도의 한숨이 나왔다.

세계에서 가장 거대한 감옥, 가자지구에 도착했다.

이곳에 정말 구호가 필요한가?

가자에 대한 이미지는 첫날에 완전히 뒤바뀌었다.

가자라고 하면 '우왕좌왕 도망치는 사람들', '무너진 건물의 잔해 앞에서 울부짖는 사람들' 같은 장면이 먼저 떠올랐다. 2014년, 전에 없는 대규모 공습 당시의 보도 영상이 여전히 내 뇌리에 강한 인상으로 남아 있었다. 그런데 생각해보면 그건 1년도 전의 일이었다.

가자는 하나의 도시였다. 레스토랑과 상점이 즐비하고 도로에는 차가 빽빽하게 달리고 있었다. 사람들은 바깥을 자유로이 나돌아다니며 나와 스쳐 지나갈 때는 가볍게 웃으며 인사했다.

그날, 나는 국경없는의사회의 숙소와 사무실이 있는 가자시에 도착했다. 국경없는의사회 숙소는 내가 상상했던 것과 너무나도 달랐다. 건물의 외양은 약간 낡았고 엘리베이터는 와이어 등이 드러난 채로 고장이 나 있었다.

그런데 계단을 올라가서 주거 공간에 들어서니 내가 이곳에 오기

직전에 비워준 도쿄의 맨션보다 훨씬 고급스러운 느낌이었다. 흰색을 기본 색으로 꾸민 볕이 잘 드는 방 네 개에 부엌과 거실이 딸린 3층과 그와 동일한 구조에 약간 좁은 4층을 모두가 공유하며 생활하고 있었다.

이곳에서 지내는 해외파견 직원은 나를 포함해서 네 명이고, 그 외에 상황에 따라 일시적으로 파견된 직원이 드나들었다. 다른 프로젝트에 비해 외국인이 적은 이유는 현지 팔레스타인인을 많이 고용했기 때문이다.

내게는 아주 넓은 방이 주어졌는데 더블사이즈 침대도 있었다.

볕이 잘 들고 전망도 좋은 베란다에는 등나무 의자와 테이블이 놓여 있었다. 커피를 마시거나 독서할 때 안성맞춤이었다.

유럽 브랜드의 옷가게가 즐비한 골목과 수많은 카페와 레스토랑이 있는 거리가 있고, 아이스크림 가게와 케이크 매장은 사람들로 붐볐다. 공원에는 놀이기구를 타고 노는 가족들로 떠들썩했다.

무엇보다 지중해의 아름다운 해변이 압권이었다. 아직 가자의 극히 일부밖에 보지 못한 나는 마치 관광지에 온 것 같은 기분이었다.

이곳에 의료 구호가 정말로 필요한가?

이것이 첫날의 내 감상이었다.

도착한 지 나흘째 되던 날에 일어난 일이다. 2016년 1월 2일, 새벽 4시 55분.

당시 나는 침대에서 곤히 자고 있었다. 그러다 갑자기 무시무시한 충격을 받고 글자 그대로 침대에서 벌떡 일어났다. 공중폭격임을 직감했다. 시작된 것일까?

최근 10년 사이에 가자에서는 이스라엘로부터 세 차례 군사 침공을 받았다. 다음 침공은 언제 시작될지 누구도 알 수 없었다. 혹시 오늘인가?

내가 이토록 큰 폭격의 충격을 받은 것은 이전에도 이후에도 없었다. 이곳은 관광지가 아니었다. 역시 위험 지역이구나. 한순간에 생각이 바뀌었다. 하지만 내가 무서웠던 건 공중폭격이 아니었다.

이날, 진짜 무서웠던 건 공습을 화제에 올린 가자 주민이 한 사람도 없었다는 점이었다. 공중폭격이 일어나고 몇 시간 후, 나는 새로 부임한 의료시설에 있었다.

거기서 본 것은 문을 열기 전에 바쁘게 청소하는 청소부들, 업무를 준비하는 사무직원, 그리고 속속 출근하는 간호사들이었다. 모두가 나에게 웃으며 인사했다.

공중폭격이 일어난 날에도 의료시설의 문을 여는 건가? 누구도 이번 공습을 화제에 올리지 않았다. 내가 먼저 "공습 때 괜찮았어요?" 하고 물어볼 수도 없었다.

바깥 풍경도 마찬가지였다. 차들이 바삐 오가고 보도에는 사람들이 종종걸음으로 지나갔다. 평소와 다르지 않은 일상의 모습이었다.

나중에 지인인 신문기자에게 이에 대해 말했더니 그는 실소를 터트렸다.

"가자에선 공중폭격이 한두 번 일어났다고 그걸 화제에 올리는 시민은 없어."

2014년의 격렬한 공중폭격은 51일간 계속되었다. 그래서 지금 한 달에 한두 번 꼴로 일어나는 단발성 공중폭격은 공습 축에 끼지도 않는다는 말인가? 나로서는 이해하기 어려운 일이었다.

국경없는의사회는 가자지구 안에 두 곳의 의료시설을 운영하고 있는데, 화상과 총상을 입은 환자를 대상으로 치료와 물리치료를 주로 했다. 나는 두 곳을 관리하는 간호 활동 책임자로 파견되었다.

첫 번째 의료시설은 가자 시내에 있는데, 이곳에서는 장기적인 활동을 이어갔다. 가자지구 전체는 세로로 긴 지형인데, 가자시는 그 북부에 있다.

또 다른 의료시설은 가자 시내에서 차로 45분 정도 떨어진 칸 유니스라고 하는 도시에 있는데, 이곳은 가자지구의 남부에 위치했다. 문을 연 지 몇 개월밖에 지나지 않았는데도 환자가 계속 늘어났다. 국경없는의사회는 세 번째 의료시설을 열지 않으면 늘어나는 환자에 대응할 수 없다고 생각하는 듯했다.

가자에는 해외의 원조로 운영되는 의료기관이 많이 있고 각각 역할분담과 연대가 잘되어 있었다. 그중 우리 국경없는의사회는 입원할 필요는 없지만 다친 부위를 지속적으로 관리하기 위해 통원치료를 받아야 하는 환자들을 담당하고 있었다.

일단 가자지구 안에 있는 어느 병원에서든 치료를 마치고 퇴원했으나 그 후에도 지속적인 통원치료와 재활이 필요한 환자들이 우리를 찾아왔다. 국경없는의사회에서는 치료 대상을 화상과 총상, 두

가지로 좁혔다. 교통사고 환자를 담당하는 의료기관은 따로 있었다.

우리 의료시설에 다니는 환자에게는 특징이 있었다. 화상 환자는 거의 여자와 아이였고 총상 환자는 대부분 남자였다.

여자와 아이의 화상이 늘어난 이유는 2014년 공중폭격으로 가옥이 파괴되었기 때문이다. 가령 집을 잃은 여자들이 흙바닥처럼 환경이 좋지 않은 장소에서 음식을 조리하다 화상을 입는 것이다. 이런 곳은 아무래도 조리 장소로 불안정하고, 아이들 손도 쉽게 닿았다. 당시 가자지구 전체의 난민 수는 126만 명이고, 8개의 난민 캠프에는 56만 명이 서로 부대끼며 생활했다.

이렇게 화상의 대부분은 불편한 환경에서 음식을 만드는 동안에 발생했다. 화상은 몸에 광범위하게 영향을 미친다. 피부 치료만이 아니라 혈관과 신경조직이 손상되어 제대로 움직이지 않는 근육과 관절에 반드시 물리치료를 해야 한다.

시리아와 예멘의 난민 캠프에서도 비슷한 사례가 있었다. 분쟁지에 화상 환자가 많다는 사실은 잘 알려져 있지 않다. 수많은 사람이 우리의 눈길이 미치지 않는 열악한 곳에서 힘들게 생활하며 신음하고 있는 것이다.

일부러 총을 맞으러 가는 이유

내 눈길을 끈 것은 총상 쪽이었다.

지금까지 국경없는의사회 소속으로 파견 활동을 할 때는 바깥을 자유롭게 나다니지 못하는 것이 보통이었다. 국경없는의사회는 안전 관리를 위해 분쟁지역에서 파견 직원이 '바깥을 나다니는' 행동을 매우 제한하고 있다. 총탄, 포탄, 공중폭격, 유괴 등의 위험에서 몸을 지키기 위해서이다.

단, 분쟁 상태가 아닌 가자에서는 이런 제한이 적다. 가자 전체가 봉쇄되어 있으나 현재로서는 지구 안에 군사가 배치되어 지배하고 있지는 않기 때문이다. 그런 의미에서 가자 안에 있는 한 총격전이 벌어지는 경우나 다칠 위험은 별로 없다.

그런데 왜 우리 의료시설에는 총에 맞은 환자가 넘쳐나는 것일까?

가자지구 내에 있던 이스라엘 군은 2005년에 철수했으나 그 후 몇 번이나 하늘에서 군사공격을 감행했다. 특히 2014년 대규모 공중폭격으로 도시 전체가 파괴되어 생활도 경제도 파탄 나고 실업률은 끝없이 올라갔다.

수도 시스템이 파괴되어 광대한 농장도 황폐해졌다. 공장도 마찬가지였다. 전기 공급이 끊기면서 전기를 이스라엘에서 사 오지 않으면 안 되는 굴욕적인 시스템이 만들어졌다.

게다가 이스라엘의 사정에 따라 전기량도, 시간도 늘었다 줄었다 들쭉날쭉했다. 내가 있던 당시 전기를 쓸 수 있는 시간은 하루에 평균 3시간이었다. 그해 겨울은 특히 추워서 전기가 끊긴 많은 일반 가정에서는 극한의 밤을 보내야 했다. 덕분에 우리 직원을 포함하여 감기가 대유행했다.

극심한 전력 부족으로 상하수도를 처리하는 시스템의 복구 전망이 불투명해지면서 수돗물도 마시지 못했다. 샤워하다 자칫 물이 입에 들어가기라도 하면 쓴맛이 나서 절로 눈살이 찌푸려졌다.

상황이 이러하니 가자에 사는 팔레스타인 시민의 심리가 건강하지 않으리라는 것은 쉽게 상상할 수 있다. 이렇게 굴욕감, 종속감을 느끼게 하는 것도 이스라엘의 정책이라고 한다.

팔레스타인 시민들 중에서도 특히 부정적 에너지를 주체하지 못하는 이들은 10대 후반에서 20대 초반의 남자 청년이었다. 학교를 졸업해도 일이 없었다. 가자의 청년 실업률은 60%로 세계에서 최악의 수준이라고 한다. 갈 데 없는 청년들이 울분을 해소할 데라곤 이스라엘밖에 없었다.

그들은 이스라엘과 접해 있는 경계지역에 가서 담장이나 벽 맞은 편에서 경비를 서는 이스라엘 병사들을 향해 팔레스타인의 해방과 자유를 부르짖으며 때로는 돌을 던졌다. 그리고 총에 맞았다. 믿을 수 없는 이야기지만 이스라엘 병사는 그러한 팔레스타인 청년들에게 정말로 총을 쏘았다.

가자 전체가 이스라엘 군에 포위당한 상태여서, 50km에 이르는 지중해 해안가에서도 거의 매일 이스라엘 해군의 위협사격이 일어났다. 다이버 부대도 있어서 바다를 헤엄쳐서 탈출하는 것도 불가능했다. 이런 상황에 놓인 가자의 청년들이 해방을 외치면 이스라엘 병사들은 청년들의 한쪽 다리에 사정없이 총을 쏘았다. 머리와 가슴은 아니다. 보통은 목숨을 노리지 않았다. 다리를 쏴서 그들의 독립과 자유 의지를 무력하게 만들고 기개를 꺾었다.

자유를 부르짖다 총에 맞은 청년들은 병원으로 실려 왔다. 우리 의료시설의 대합실에는 이러한 청년들이 매일 넘쳐났다.

이것이 내가 4개월 사이에 본 가자의 현실이다. 내가 있던 동안에만, 총에 맞은 상처가 겨우 회복되자마자 다시 총에 맞아 실려 오는 환자가 몇 명이나 있었다.

"걔네들은 일부러 총에 맞으러 가는 거야."

국경없는의사회에서 함께 일하던 팔레스타인 의사 아부 아베드(Abu Abed)가 말했다. 40대인 그는 내 상사이자 의료시설의 원장이었다.

그도 가자에 갇혀 있는 사람 중 하나다. 그의 형제는 이곳 본토와 떨어져 있는 요르단강 서안지구의 자치구에 사는데, 2시간도 안 되는 거리지만 그들은 2000년부터 그때까지 한 번도 만나지 못했다고 한다.

"우리가 아무리 여기서 치료해봤자 걔네들은 또 부상을 당하고 돌아와. 일부러 총에 맞으러 가는 거지."

그러면 지금 우리가 하는 이 일이 아무 의미가 없지 않을까?

나는 대합실에 있는 목발을 짚은 청년들을 돌아보았다.

오늘, 이곳 한 곳만 해도 스무 명가량의 청년이 있었다. 그 당시 두 의료시설에서 돌보던 환자는 100명이 족히 넘었다.

고개를 숙이고 있는 조용한 청년이 있는가 하면, 여럿이서 시끄럽게 떠들어대는 그룹도 있었다. 그들은 일주일에 두세 번 통원치료를 받는 것이 기본으로, 통원기간은 평균 6주에서 8주였다.

일단 통원치료가 결정되면 그들에게 대합실은 한동안 생활의 일부가 된다. 자유를 부르짖다 총에 맞은 청년들에게 나는 무엇을 할 수 있을까?

구인공고에 몰려드는 고학력 청년들

나는 직원을 한 명 새로 고용하여 대합실 청년들의 심리상태를 조사하기로 했다. 가자의 청년들은 거의 대학을 나온 고학력자들이 었다. 실제로 가자의 문맹 퇴치율은 아주 높다. 이것도 가자에 직접 가보고 처음 알게 된 사실이다.

가자 인구의 약 70%는 난민으로, 유엔팔레스타인난민구호기 구(UNRWA, UN Relief and Works Agency for Palestine Refugees in the NearEast)가 이들에게 무상으로 초등학교, 중학교 교육을 제공한다. 이러한 배경이 있어 교육 수준이 높으며 가자지구 안에만 대학이 8 개 있다. 하지만 졸업을 해도 일이 없는 가자에서는 그 지식과 자격 을 사회에서 활용할 길이 없었다. 청년들은 대학을 졸업하자마자 갈 데가 없어지는 것이다. 이들이 가자의 해방을 부르짖으면 그때는 총 에 맞았다.

"총상이 나아도 어차피 할 일도 없어."

"비즈니스를 전공했지만 일이 없어."

그들은 절망했다.

나는 이곳에서 청소부 직원 두 명을 모집한 적이 있다. 일주일 동안 300통이 넘는 이력서가 왔는데, 그때 새삼 가자 시민의 높은 고학력 비율에 놀랐다. 의사와 간호사 면허를 가진 사람도 있었고 학사는 물론, 석사과정을 수료한 사람도 있었다. 문제는 모집을 끝내고 직원을 선발할 때였다.

모집기한을 놓쳤는데 지금이라도 응모할 수 없느냐는 문의 전화가 빗발쳤고 직접 담판을 지으러 찾아오는 청년들로 사무실이 문전성시를 이뤘다. 솔직히 선발하기가 굉장히 어려웠다.

학력이 중요한 직종이 아니어서 내부에서는 학력을 선발 기준에서 제외하는 것도 검토했으나 결론은 나오지 않았다.

선발 과정 중에는 응모자의 가족과 친척으로부터 뽑아달라는 응원 전화가 쉴 새 없이 울렸다. 최종적으로 두 명을 선발했는데, 이번에는 선발되지 못한 사람들에게 격렬한 항의와 애원하는 전화가 끊이지 않았다. 어떻게 유출되었는지 내 휴대전화와 개인 페이스북으로도 연락이 와서 수습하느라 한참을 애먹었다.

이것이 가자의 구직 사정이다. 대합실에서 환자들에게 직접 들은 바에 따르면 실제로 많은 청년이 수면제를 복용하고 있었다. 자신들의 소리를 어디에서도 들어주지 않아서 아무런 희망도 없는 생활을 반복하는 사이에 약에 의지하게 된 것이다. 그런가 하면 경계지역으로 발길을 향하는 청년들도 있다. 그것은 자살행위나 다름없었다.

"우리의 목소리를 들어주어 기뻤습니다."

심리 조사를 마칠 때 모두가 내게 입을 모아 말했다. 나는 부디 이 아이들이 희망이 있는 건강한 삶을 살기를 바란다. 그러려면 세계적 규모의 거대한 힘과 맞서지 않으면 안 된다.

2012년과 2013년에 내가 시리아로 파견을 나갔을 때는 '비행기가 어느 마을에 나타났다'라는 정보를 교환하는 것이 현지 시리아인들 사이의 인사였다.

가자에서는 '다음 전쟁이 이제 곧 시작될 것 같다', '검문소가 하루만 개방되는 모양이다'라는 소문을 교환하는 것이 습관이었다.

어느 날, 다시 이스라엘에서 공중폭격을 가했다. 새벽 3시에 민가 한 곳을 불태웠고 열 살과 여섯 살 형제가 죽었다. 이 사건은 일본의 주류 신문에도 보도되었다. 그 두 아이는 국경없는의사회의 의료시설에서 일하는 간호사의 친척이었다. 그 간호사는 한동안 출근하지 않았다.

이스라엘이 이렇게 무자비한 짓을 하다니 도저히 믿기지가 않았다. 이런 비인도적인 사건이 21세기인 지금 일어나도 되는 것일까? 세계는 이 사실을 알고 있는 것일까? 그걸 용납하는 것일까?

나는 분노를 느끼며 동시에 그들의 냉혹함에 놀랐다. 그들의 심리에 흥미마저 느꼈다. 대체 어떤 마음을 갖고 있으면 같은 인간을 이렇게까지 괴롭히고 몰아붙일 수 있는 것일까?

예루살렘에서

2월 중순, 가자에 온 지 한 달 반이 지나고 일주일간의 휴가가 주어졌다. 간호 활동 책임자로서 나는 사무실에서 근무표 관리와 환자 통계 등의 사무업무를 처리하고, 의료시설 두 곳을 방문하여 간호사들의 기술을 점검하고 지도했다.

오십 명가량의 직원들과 좋은 관계를 맺었고, 환자들도 나에게 스스럼없이 말을 걸었다. 일이 끝나고 들르는 슈퍼, 카페, 샌드위치 가게 점원들과 얼굴을 익혀서 거기에 있는 손님과도 곧잘 대화를 나누었다. 근처에 사는 어린아이들은 나에게 달라붙어 떨어지지 않았고 지나가는 학생들은 나를 붙잡고 영어회화 연습을 하고 싶어 했다.

나는 점점 가자 사람들 사이에 동화되어갔다. 인심 좋은 웃음 너머로 깊은 상처와 슬픔을 간직하고 있는 사람들.

"언젠가 가자가 해방되면……."

대화 중에 반드시 나오는 이 말을 듣는 동안에 나는 이곳을 나갈 수 있는데도 갇혀 있는 가자의 일원이 된 양 착각에 빠졌다. 아직 한 달 반밖에 지나지 않았는데 어서 가자를 뛰쳐나가고 싶었다.

휴가는 예루살렘의 성지를 돌아보며 보내기로 했는데 한편으로 무자비한 이스라엘 사람들과 만날 생각을 하니 조금 무서웠다.

그런데 이스라엘에서 휴가를 보내는 동안 나는 좋은 이스라엘인 들을 만나고 적잖이 당황했다. 그들은 다들 친절하고 다정했다.

이스라엘에서는 남녀 모두에게 병역의무가 있다. 이스라엘 성인 이라면 대부분 소총을 들고 군복 차림으로 임무를 수행한 경험이 있 을 것이다.

하지만 레스토랑에서, 토산물 가게에서, 시장에서 내가 만난 이스 라엘 사람들은 남을 쉽게 쏠 것처럼 보이지도, 봉쇄된 장소에 폭탄 을 떨어뜨릴 것처럼 보이지도 않았다. 나는 내가 보아온 세계가 이 스라엘의 극히 일부에 불과하며 그것만으로 모든 걸 다 아는 듯이 말해서는 안 된다고 생각하게 되었다.

하루는 유대인의 대량학살 기록이 남아 있는 홀로코스트 기념관 도 방문했다. 홀로코스트란 제2차 세계대전 중, 나치 독일정권과 협 력자 주도로 약 600만 명의 유대인을 조직적, 국가적으로 학살한 역 사를 말한다.

"전시작품 중에 잔혹한 내용이 많으니까 기분이 상쾌한 아침에 제일 먼저 가보는 게 좋아."

이렇게 조언해준 사람은 국경없는의사회의 조산사로 파견된 경험이 있는 우에노 아사미였다. 당시 아사미는 20대로 예루살렘의 대학에서 공중위생을 공부하고 있었다. 나는 휴가 중 하룻밤을 그녀의 아파트에서 묵었다.

나는 지금까지 몇 번이나 홀로코스트에 관한 책과 영화를 봤기에 나름대로 지식이 있다고 생각했다. 그런데 실제로 이 기념관에 가서 상상 이상으로 끔찍한 내용들을 직접 보고 나니 '이스라엘은 무자비하다'라는 생각이 크게 흔들리며 혼란스러워졌다.

이 기념관에 전시되어 있는 대량의 실록 영상과 사진 속의 홀로코스트는 정말로 무서웠다. 거기에는 유대인의 강제이동, 강제노동, 나아가 유대인을 근절시키기 위한 대량학살의 생생한 현장이 기록되어 있었다.

나치는 거대한 구덩이를 파놓고 가장자리에 여성과 아이들을 다섯 명씩 세워놓고 순서대로 총살시켰다. 총을 맞으면 차례로 그 구덩이로 쓰러졌다. 구덩이 안에는 이미 산더미 같은 시체가 쌓여 있었다. 수많은 여자와 아이들이 벌거벗은 채로 나란히 서서 순서가 되면 제 발로 걸어서 가장자리로 이동하여 총살당했다. 그 장면이 영상으로 흘러나왔다.

다른 영상에는 엄청난 수의 유대인 시체를 처리하기 위해 불도저가 시체들을 운반하는 모습이 담겨 있었다. 영상 저편의 지옥에서 비명과 신음이 들리는 것 같았다. 나는 귀를 막고 그 자리에서 주저앉고 싶었다.

이 기념관에서 유럽의 역사를 보고 유대인들이 얼마나 오래, 그것도 여러 차례 박해를 받았는지 알 수 있었다. 나치 독일이야 워낙에 악명이 높아서 알고 있었지만 홀로코스트에 가담했던 나라들이 이렇게나 많은 줄 이번에 처음 알았다.

"유대인들은 두 번 다시 박해도 살육도 당하지 않는 자기들만의 나라를 갖고 싶어 해. 그리고 그걸 무슨 방법을 사용해서든 지키고 싶어 하고."

이스라엘인은 물론 팔레스타인인과도 자주 접할 기회가 있는 아사미가 혼란스러워서 할 말을 잃은 나에게 차분하게 말해주었다.

이스라엘인들이 왜 그토록 땅에 집착하는지 조금은 알 것 같았다. 그렇다고 그게 가자를 공중폭격하는 이유는 되지 않는다. 이토록 비극적인 역사를 가진 이스라엘인들이 왜 지금 이렇게 탄압하는 쪽으로 돌아선 것일까?

안전 점검

나는 홀로코스트기념관을 통해 유대인들이 "그러니까 우리가 이렇게 무자비하게 구는 거야"라고 전 세계에 메시지를 보내는 것이라고 느꼈다. 내가 가자에 가기 전에 봤던 〈히로카와 류이치—인간의 전장〉에서, 보도진 앞에서 보란 듯이 팔레스타인 사람들을 탄압하던 이스라엘 병사의 모습이 떠올랐다.

"전 세계의 동정을 받으면서 멸망하기보다 전 세계를 적으로 돌리고 싸우더라도 살아남을 것이다."

이곳에 머무는 동안에 이스라엘에서 들은 말이다. 그 말이 홀로코스트에서 시작된 증오가 얼마나 강렬하고 위험한지 드러내주었다. 나는 슬퍼서 가슴이 무너져 내리는 것 같았다.

잠시 머물다 가는 손님에 불과한 나는 이스라엘의 단편밖에 보지 못했다. 내가 아는 것이라고는 팔레스타인과 이스라엘 문제가 내 이해의 범위를 넘어설 정도로 뿌리 깊다는 사실뿐이다.

이스라엘의 무자비한 행위는 당연히 비난받아야 하지만 지금까지의 역사에서 유대인을 살육하고, 박해했던 여러 나라들도 팔레스타인 문제를 평화적으로 해결하기 위해 나서야 하는 것이 아닐까? 유대인에 대한 보상을 마쳤다는 독일과, 팔레스타인이 분단되는 데 관여했던 영국, 프랑스, 그리고 그걸 승인한 유엔……. 역시 국제사회가 나서야 하지 않을까?

현실 세계는 대체 어떻게 움직이고 있는 것일까?

어떻게 하면 이스라엘과 팔레스타인이 화해할 수 있을까? 총에 맞아 우리 의료시설을 찾아오는 팔레스타인 청년들을 위해 나는 무엇을 할 수 있을까? 그 아이들의 다리를 치료하는 것만이 내가 할 수 있는 역할의 전부인 걸까?

4개월간의 파견을 마치고 귀국길에 오른 나는 텔아비브 공항 취조실에서 벌거벗은 채로 서 있었다.

그들은 내가 몸 안에 숨긴 물건이 없는지 검사하고 여권 기록을 통해 지금까지 파견 나갔던 나라들에 관해 심문하듯 몇 시간에 걸쳐 집요하게 캐물었다. 그 나라에서 접촉했던 인물들의 구체적 인적사항과 연락처 등을 묻고 내가 생각나지 않는다고 하면 생각날 때까지 질문을 반복했다.

통상 비행기 탑승 전에 하는 안전 점검은 구두로 몇 가지를 확인하고 수하물 검사를 한 뒤 끝난다. 그런데 나는 별실로 가서 따로 검사를 받았다. 소문에서 들은 대로, 구호단체 관계자를 골탕 먹이려는 것 외에는 내가 뭘 잘못했는지 짐작할 만한 게 없었다.

겨우 심문에서 해방되어 나오니 바닥에 풀어 헤쳐진 내 짐이 보였다. 파우치는 열려 있고 안에 있던 물건들은 죄다 꺼내진 상태였다. 지갑 속의 영수증 한 장까지 다 나와 있었다.

가족에게 줄 선물 포장지는 갈기갈기 찢겨져서 안에 있는 내용물이 훤히 드러난 상태였다. 모든 걸 샅샅이 뒤진 것이다. 마지막까지 내 컴퓨터 안에 있는 데이터를 보네, 안 보네 하며 실랑이를 벌였으나 그것만은 상대가 포기했다.

흩어진 짐을 여행가방과 배낭 안에 하나씩 도로 집어넣다가 비행기 안에서 먹으려고 가져온 빵 봉지가 벗겨진 걸 발견했다.

벌거벗은 상태에서 몸을 구석구석 점검하는 것까지도 참았으나 빠져나온 빵을 봉지에 도로 집어넣을 때는 참을 수가 없어서 눈물을 펑펑 쏟았다. 이런 일로 울어서는 안 된다고 생각했다. 내가 당한 괴롭힘과 굴욕은 팔레스타인인이 당한 것에 비하면 새발의 피였다.

하지만 이때 흘린 눈물에는 이렇게까지 하지 않으면 안 될 정도로 몰려 있는 유대인에 대한 동정의 눈물도 섞여 있었다.

8장

전쟁통에서 사는 아이들

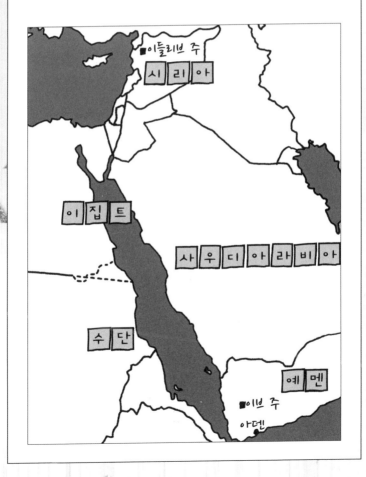

분쟁지의 병원에는 남녀노소 누구나 방문한다. 전선에서 뜻하지 않게 전투에 휘말린 청년이 있는가 하면 공중폭격의 불길을 피하지 못하고 화상을 입은 노인도 있다.

국경없는의사회는 연령과 인종으로 차별하지 않는다. 전쟁은 사람들을 똑같이 상처 입힌다. 그렇지만 그 나라의 장래를 생각할 때, 아이들이 피해를 입는 것만큼 안쓰러운 일도 없다.

이 장에서는 내가 분쟁지에서 만난 아이들에 대해 이야기해보려고 한다.

대부분 내가 일하는 병원에 실려 온 아이들과 전쟁터에서 만난 아이들이다.

불행한 만남인지도 모른다.

그 아이들에 관한 이야기는 이 책을 쓸 생각도, 계획도 없었던 아주 오래전부터 일기에 써서 차곡차곡 모아두었다.

누군가에게 전하고 싶었다. 누군가가 알아주기를 바랐다.

그 아이들에게서 증오의 감정을 발견했을 때, 절망한 적도 있었다.

그럼에도 아이들은 나에게 미래이자 희망이다.

아이들은 밤에 논다

분쟁지에 사는 아이들은 밤에 논다. 낮에는 공중폭격과 총탄을 피해 집안에 갇혀 지내기 때문이다.

2012년 7월, 나는 예멘 남부의 아덴이라는 항만 도시에 파견되었다. 국경없는의사회 소속으로 세 번째 파견이자 첫 분쟁지 활동이었다.

예멘의 내전에 대해서는 앞에서도 썼는데, 아덴은 상황이 특히 더 심각했다. 하루도 빠짐없이 포탄이 날아다녔고 피해를 입은 시민들이 국경없는의사회가 운영하는 아덴 병원에 실려 왔다.

내전만이 아니었다. 그때는 이슬람 과격파 조직 '아라비아반도의 알카에다(Al-Qaeda in the Arabian Peninsula)'가 점거한 산악지대에 미군이 테러리스트 소탕작전을 펼치기 위해 드론 공격을 개시했다. 아덴 병원은 그 현장에서 50㎞ 떨어진 장소에 있었다. 연일 드론 공격의 피해를 입은 산악지대 주민들로 병원이 북적였다.

어느 날 밤 9시쯤에 일어난 일이다. 아이들이 집단으로 실려 온다는 연락이 왔다. 전화가 오고 20분 후, 응급실이 소란스러워졌다. 아이들이 도착한 모양이었다.

많은 어른들에게 둘러싸여 실려 온 아이들은 다섯 살에서 여덟 살쯤 된 소년들이었다. 나도 서둘러 응급실로 들어갔다. 피와 미세한 파편들로 뒤범벅이 된 아이들의 옷에 가위를 넣어 대담하게 자르고 전신의 상태를 파악했다.

여덟 명의 아이들의 손과 발이 완전히 으스러져 있었다.

어른들에게 이야기를 듣고 나서야 겨우 상황을 파악했다.

그날, 아이들은 공중폭격 소리도 사라지고 총성도 고요해진 저녁나절부터 놀기 시작했다고 한다. 낮에는 꼼짝도 하지 못했던 몸을 힘껏 움직이면서 밖에서 다 함께 뛰어다녔을 것이다. 그러다 길가에 굴러다니는 한 번도 본 적이 없는 재미난 물건을 발견했다. 그걸 발로 차고 쿡쿡 찌르면서 갖고 놀았다.

그런데 그게 시한폭탄이었다. 커다란 폭발음과 함께 아이들의 손과 발이 날아갔다.

나중에 몇몇 아이들에게 그 '재미난 물건'의 크기와 모양에 대해 들을 수 있었다. 전체적으로 동글동글한 통 모양에 양쪽 끄트머리는 원뿔형태였다고 아이들은 손짓을 해가며 폭탄의 모양을 설명해주었다.

그 무렵 아덴에는 무기를 이용한 폭력이 만연했다. 누가 누구를 노렸는지 알 수도 없는 공격이 끊이지 않았다.

그날 밤, 국경없는의사회 외과팀은 아침까지 여덟 명의 아이들의 손발을 절단하는 수술을 했다. 한 명, 한 명 절단했다. 한 발을 잃은 아이, 두 발을 잃은 아이, 손과 발을 모두 잃은 아이…….

수술이 끝나면 순서대로 회복실로 옮겼다.

모두 아직 마취에서 깨어나지 않아서 곤히 자고 있었다.

그 아이들은 자신의 손과 발이 없어진 것을 알지 못한다. 이대로 깨우고 싶지 않았다. 수술실 밖에서는 수많은 가족이 울부짖고 있었다.

그 후 몇 주 동안 다리를 잃은 아이들의 휠체어를 미는 아버지들의 모습이 병원 곳곳에서 눈에 띄었다. 휠체어가 두 대밖에 없어서 아버지와 아이의 모습이 매번 바뀌었다.

아이들은 이 세계의 미래를 짊어질 귀한 존재다. 언젠가 우리는 그 아이들에게 이 사회를 물려주어야 한다. 그러기 위해서는 어른이 아이들을 제대로 교육해야 한다. 인간 사회의 질서를 가르쳐주어야 한다.

하지만 현실에서 아이들이 보는 것은 폭력과 파괴다. 그 아이들은 어떤 어른으로 자랄 것인가? 전쟁은 그 나라의 미래, 우리 모두의 미래까지 파괴시키고 있음을 깨닫지 않으면 안 된다.

복수의 대물림

2012년 9월, 시리아에서 내전이 격화되기 시작하던 시기였다. 나는 이들리브 주의 시타 병원에 있었다. 어느 날 열 살짜리 남자아이가 한쪽 다리에 총을 맞고 실려 왔다.

그 무렵에는 알레포 등지에서 실려 오는 많은 환자로 병원이 몹시 혼잡했다. 사실 나는 이 소년이 실려 왔을 때도, 수술했던 때도 정확히 기억나지 않는다. 하지만 그 아이가 입원하는 동안 침대에서 했던 말은 내 마음에 강렬히 남아 있다.

그 아이는 입만 열면 "언제 퇴원할 수 있어요?", "빨리 퇴원시켜줘요" 하며 졸랐다.

당시 나는 아라비아어를 잘 몰라서 통역을 끼지 않으면 환자와 커뮤니케이션을 하지 못했다.

소년은 침대 모서리에 앉아서 분노를 표하듯이 두 손을 휘두르면서 나에게 호소했다. 어찌 됐건 이 소년이 빨리 돌아가고 싶어 하는 심정은 충분히 이해했다. 다만 거기에는 어떤 사정이 있는 것일까?

통역이 귀에 대고 말해주었다.

"아버지를 죽인 녀석을 죽이러 갈 거래요."

나는 할 말을 잃었다.

고작 열 살짜리 소년이 사람을 죽인다고 말하고 있다.

전쟁은 서로가 죽고 죽이는 싸움이 틀림없다. 한 사람이 다른 사람을 죽이겠다는 말을 거리낌 없이 내뱉는 걸 보면 말이다. 그만큼 이 나라에서 죽고 죽이는 것이 흔해진 것이리라.

하지만 이 아이는 아직 열 살이다. 일본에서 열 살짜리 아이가 "사람을 죽이러 간다"라고 말하면 어떨까? 너무 무섭다.

아무리 전쟁 중이라고 해도 우리는 이 소년이 한 말을 그냥 지나쳐서는 안 된다. 시리아만이 아니라 전 세계에 이 소년의 말을 들려주어야 한다고 생각한다.

복수의 대물림은 이렇게 탄생한다. 미디어에는 나오지 않는 많은 곳에서 매일 증오가 싹트고 있다.

총성 안의 웃음소리

시리아에서 귀국했다가 그로부터 7개월 후인 2013년 7월, 다시 시타 병원에 파견되었다.

국경없는의사회가 정부 측에 숨긴 채 몰래 운영하는, 민가를 개조한 시타 병원에는 물자와 의약품을 두는 공간이 부족했다. 그래서 도보로 몇 분 거리에 있는 건물을 빌려 창고로 썼다. 거기까지 걸어 가려면 안전한지 그때그때 허락을 받아야 했다.

하루는 내가 담당하는 수술실에서 사용하는 물품의 재고를 확인 하기 위해 창고로 향했다.

7개월 전에는 조금 더 넓은 범위를 걸을 수 있었고, 현지 직원에 게서 자기 집에 밥 먹으러 오라는 식사 초대도 받았었다.

하지만 이때는 분위기가 많이 바뀌어 있었다. 비교적 자유로운 차 림으로 돌아다녔던 시리아 여자들도 여러 이슬람 과격파 조직이 국 외에서 들어온 뒤로는 피부 노출이 엄격히 제한되어 바깥에서는 눈을 제외하고 전신을 온통 검은색으로 감싸야 했다. 나도 밖에 나갈 때는 같은 차림을 하지 않으면 안 되었다. 이렇게 단기간에, 이렇게 간단히 사회가 변할 수 있다니 놀라웠다.

그 창고까지 가려면 뒷골목을 지나야 하는데 그곳에서 초등학교 고학년쯤 되어 보이는 세 명의 소녀와 마주쳤다. 친구 사이일까, 자매일까? 이 근처에 사는 걸까?

나는 알고 있는 아라비아어로 말을 걸어보았다. 내가 외국인이어서인지, 아니면 내 아라비아어가 통하지 않았는지 소녀들은 수줍어하며 서로의 얼굴만 쳐다보았다.

그때였다. 총성이 들렸다. 연속음이었다.

반사적으로 나는 두 손으로 머리를 보호하듯 감싸 쥐고 엎드렸다.

내 모습을 본 소녀들이 키득키득 웃기 시작했다.

그리고 "언니, 괜찮아요" 하며 내게 다가왔다.

나는 "어? 정말 괜찮아?" 하고 되물었다.

실은 나도 이 마을에서 전투가 일어날 리 없다는 걸 알고 있었다. 반사적인 동작을 한 다음 순간에 나도 '이 소리는 괜찮다'라고 생각했다.

총을 든 자유시리아군의 병사와 무장집단이 늘어나면서 전투의 승리를 축하하기 위해서건 다른 이유에서건 그들은 자주 총을 쏴댔다. 소리가 규칙적이고 연속적으로 들리면 축포이고 불규칙적으로 이어지면 전쟁의 가능성이 있다는 것을 나도 배워서 알고 있었다.

이 소녀들은 그걸 어른들에게서 배운 것일까, 아니면 일상에서 자연스럽게 체득한 것일까?

총성을 들으면 반사적으로 방어태세를 취하는 게 건강한 반응이다. 아니, 그렇지 않으면 안 된다. 그런데 아이가 총성을 듣고도 아무렇지 않게 웃는 사회가 되어버린 것이 슬펐다.

이 마을에도 학교가 있다. 하지만 그곳도 알레포 등의 전선에서 도망친 시민들의 생활터전이 되었다. 이 아이들은 학교를 잃고 낮에는 이렇게 아무렇게나 시간을 보내는 것이다.

아이가 교육을 받지 못하고 총성이 당연해진 사회. 세계는 과연 전쟁밖에 모르고 자란 아이들을 얼마나 심각한 문제로 인식하고 있을까?

같은 시타 병원.

2013년 9월경, 병원에 실려 온 환자 중에는 공중폭격의 부상자가 압도적으로 많았다. 시타 병원에는 다음 날도, 그다음 날도 빈사 상태의 환자들이 들어왔다. 그때마다 긴급 수술을 하기 위해 비교적 긴급하지 않은 환자의 수술을 뒤로 미루고 순서를 바꾸느라 눈이 돌아갈 정도로 바빴다.

수술을 마치면 우리의 임무는 일단락되지만 환자의 사투는 그때부터 시작된다. 마취에서 깨어난 환자의 첫 시련은 현실을 깨닫는 것이다. 눈을 뜨고 나서야 가족이 다 죽고 자신만이 살았다는 사실을 알게 된 환자도 있다. 침대 위에서 울부짖는 환자를 보노라면 마음이 찢어진다. 그게 아이일 때도 있다.

어느 날, 어림잡아 다섯 살에서 일곱 살쯤 되어 보이는 여자아이가 환자 무리 속에 섞여서 실려 왔다. 아무래도 그 안에는 그녀의 피붙이가 없는 듯했다. 그 아이는 대퇴부와 복부에 치명상을 입어 긴급 수술을 했다.

그 아이가 나중에 자기 이름을 말할 때까지는 진료기록부에 '알 수 없음'이라고 적어둘 수밖에 없지만 우리는 그 아이에게 가명을 붙였다. 다행히 수술은 무사히 끝났고 아이는 목숨을 건졌다.

하지만 다음 일이 머리를 스쳤다. 피붙이가 있는지 없는지도 모르는 그 아이를 우리는 어떻게 하면 좋을까? 아이의 부모는 같은 날 공중폭격으로 사망한 것일까? 아니면 어딘가에 무사히 살아 있을까? 혹시 다른 어딘가에서 이 아이를 찾고 있는 건 아닐까?

전장의 희망

2015년 11월, 나와 서로 '시스터'라고 부르는 캐나다인 의사 스테파니가 관리하는 팀에서 일주일에 두 번, 예멘 북부의 한 마을을 방문할 때의 일이다.

나는 거기서 희망을 보았다.

평소와 다름없이 하미르라는 기지가 있는 도시에서 2시간가량 차를 타고 그곳에 도착했다. 병원 입구에 차가 진입하면 기다리고 있었다는 듯이 아이들이 우르르 몰려들었다. 어른들도 한자리에 모여서 우리를 기다리고 있었다. 이런 깊은 산골까지 찾아오는 손님은 정말로 드물 것이다.

차문을 열면 아이들에게 둘러싸여 몸을 움직일 수가 없었다. 소란이 잠재워질 때까지 내가 아이들을 상대하며 적당한 장소에 앉아서 아이들의 인사를 받아주었다. 그 틈에 스테파니와 다른 팀원들은 병원으로 들어갔다.

기어다니는 것밖에 하지 못하는 갓난아기까지 언니 오빠 흉내를 내며 이쪽으로 다가왔다. 일본에서도 이렇게 많은 아이들에게 둘러싸여본 적이 있었던가.

"오늘 학교에 안 갔어."

일곱 살쯤 되어 보이는 두 소녀가 내게 말했다.

"어? 학교가 있어?"

"응, 이거 봐."

두 아이가 자신의 공책을 보여주었다.

이곳은 아직 학교가 운영되고 있나?

수많은 학교가 파괴되었고 행여 건물이 남아 있어도 그곳은 시민의 생활터전이 되었다.

그런데 아직 교사(校舍)가 있다니 놀라웠다.

"야외에서 공부해."

세상에 야외에서 공부를 가르치는 어른들이 있다고 했다. 그것도 선생님이 아닌 어른들이 자발적으로 아이들을 가르친다는 걸 나중에 알았다.

"학교에 빠지면 안 되지. 선생님한테 혼나."

"선생님이 오늘은 괜찮다고 말했는걸. 유코가 오는 날이니까."

전쟁 중에도 아이들의 교육을 잊지 않는 예멘의 어른들에게 나는 감명받았다. 보이지 않는 그 사람들에게 고개를 숙이고픈 마음이었다.

이렇게 애쓰는 어른들이 있다니……. 나도 간호사로서 예멘 시민을 더 힘껏 돕겠다고 다짐했다.

아이들은 내 스마트폰을 아주 좋아해서 늘 서로 갖겠다고 싸웠다. 그때까지는 가만히 지켜보던 어른들도 싸움이 시작되면 중재에 나서 나에게 스마트폰을 돌려주려고 했다.

하지만 나는 개의치 않고 아이들이 하고 싶은 대로 사진을 찍거나 실컷 갖고 놀게 했다.

이런 귀여운 아이들에게 두 번 다시 전쟁의 공포를 느끼게 하고 싶지 않다. 이 소원을 누구에게 들어달라고 부탁하면 좋단 말인가?

여기에 있는 어른들도 같은 생각일 것이다. 이 마을의 어른들은 적어도 아이들에게 총을 들게 하는 선택은 하지 않을 거라고 믿고 싶다. 이 아이들이 분별 있는 어른들에게 제대로 배우고 예멘의 장래를 짊어지기를 바란다.

언젠가 공중폭격이 없는 평화로운 하늘 아래서 이들과 다시 만나고 싶다.

"학교에 보내주세요"

2016년 5월, 예멘의 이브(Ibb) 주. 3주일 전에 총에 맞아 타이즈라는 이웃 주에서 실려 온 열 살짜리 소년이 있었다.

몇 군데 전선 중에서도 타이즈 주는 아랍연합군으로부터 특히 공중폭격을 심하게 받은 곳이다. 한편 지상에서는 후시파에 저항하는 타이즈 주민을 중심으로 구성된 반(反) 후시파 민병대가 있었다. 이 때문에 총성이 오가는 전투에 일반 시민이 휘말리는 사례가 빈번하게 일어났다.

이 열 살짜리 소년은 팔에 총을 맞고 실려 왔는데 출혈이 심해서 수술실에 도착했을 때는 안색이 좋지 않았다. 의식도 없었다. 급히 수혈하면서 수술을 시작했고 그 후에도 며칠에 한 번씩 수술실에서 치료를 받았다.

얼마 지나지 않아서 기쁜 소식이 생겼다. 그 아이가 오늘 퇴원한다며 일부러 인사하러 와준 것이다. 수술실은 사람의 출입을 제한하는 장소지만 이 소년은 꼭 수술실 사람들을 다 보고 싶다며 직원들과 섞여 입구까지 들어왔다.

이 아이가 그때, 의식을 잃고 실려 온 아이인가? 이날은 옷을 빼입어서 다른 사람처럼 보였다. 게다가 입원 중에 이토록 밝은 얼굴을 보여준 적이 있었던가?

전쟁이 없었다면 이 아이는 그해부터 학교 교육을 받았을 것이다.

교육에는 수학과 국어만이 아니라 도덕과 사회도 포함된다. 학교에 다니면 여러 친구들과 어울리며 인간관계도 배울 수 있다.

함께 웃고 고민하고 괴로워하고, 서로 도우면서 감정과 사고가 자라고 어른 사회에 들어갈 준비를 하는 것이다. 당시 타이즈에는 그런 교육시스템이 제대로 운영되지 않았다.

하지만 그보다 먼저, 지금은 그 아이가 살아남기를, 먼저 그렇게 되기를 기도했다.

같은 시기, 같은 예멘의 이브 주.

한 아이의 수술이 끝났다. 마취 상태에서 회복시키기 위해 회복실로 옮겼는데 아이의 배가 볼록 튀어나온 것이 마음에 걸렸다.

"안에 변이 쌓여 있는지도 몰라요."

나는 의사에게 보고했다.

일단 수술에서 손을 뗀 예멘인 의사 알리가 소년의 배를 만지더니 아무렇지 않게 말했다.

"이건 영양실조 증상이에요."

이 무렵 예멘에서는 국가가 파탄 났다는 소문이 횡행했고 결국 경제도 파탄이 나서 국민 대부분이 기아와 빈곤에 시달렸다.

이런 상태에서는 수술을 무사히 마쳐도 부상에서 회복되기 어렵다. 먼저 영양실조부터 해결하지 않으면 안 된다. 배가 볼록 나온 영양실조에 걸린 아이라고 하면 아프리카의 빈곤국이 먼저 떠오르겠지만, 이곳 중동에서도 심각한 사태가 일어나려 하고 있었다.

그 아이의 배를 보고 영양실조의 가능성을 생각하지 못한 나 자신이 부끄러웠다.

소년은 마취에서 깨어났을 때, "아빠가 죽었어" 하며 흐느껴 울었다.

옆 침대에 누워 있던 다른 소년도 마취에서 깨어났다.

"학교에 보내주세요."

그 소년은 이렇게 말하며 울었다. 전쟁으로 다친 상처밖에 치료해주지 못하는 나는 그저 안타까울 뿐이었다.

식료품, 물, 심리치료, 피난민 쉼터, 전기, 교육.

의료만으로는 시민을 구할 수 없다. 과거 이곳에 들어왔던 많은 구호기관은 안전을 고려해 철수했다.

아이들이 다치고 배를 곯고 있다.

어서 다른 구호기관들도 이곳에 다시 돌아오기를 간절히 바란다.

옳은 일

이것도 비슷한 시기의 예멘, 이브 주에서 있었던 일이다.

임산부가 심한 경련을 일으키며 실려 왔다.

자간이었다. 자간이란 임신 중이거나 산후에 경련을 일으키는 질환으로, 임신중독증의 일종이다. 마비나 의식장애 등의 후유증이 남으며 최악의 경우 죽음에 이르게 되는 중증 질환이다.

예멘에서는 의료시스템이 붕괴된 데다, 기존 의료기관에 대한 접근이 차단되어 검진을 받으러 다니지 못하는 임산부가 늘고 있었다. 검진으로 조기 발견할 수 있는 증상인데, 상태가 위중해지고 나서야 병원에 실려 오는 사례도 드물지 않았다.

우리 병원은 외상을 전문으로 하기 때문에 산부인과 의사도, 조산사도 없었다. 실려 온 임산부의 혈압수치는 최고 200이었다. 호주에서 온 응급의인 제시카가 경련을 억제하는 약과 혈압을 관리하는 약을 투여했다.

도플러(doppler. 태아의 심박기)가 아니라 성인의 심전도 모니터를 대신 사용하여 갓난아기의 심장 고동 소리를 확인했다. 살아 있었다. 임신 몇 주차인지 알 수 없었지만 배의 크기로 보아 아기를 꺼내도 괜찮을 시기로 판단되었다. 외과의가 제왕절개를 하기로 결단을 내리고 수술실로 보냈다.

제왕절개는 집도부터 갓난아기가 나올 때까지 5~10분 정도로 빠르게 진행되었다.

갓난아기는 내가 받았다.

호흡을 하지 않았다.

체중은 2kg이 될까 말까 했다. 하지만 그 정도만 되어도 충분하다.

마취과 의사 올리비에는 산모의 혈압과 경련을 관리하기 위해 분투했다. 외과의사 카를로스는 태반을 꺼내고 이제부터 시간을 들여 배를 봉합해야 했다. 나는 기도하는 것밖에는 달리 할 게 없었다.

"부탁이야, 울어!!"

5분, 10분, 15분, 20분. 아기는 울지 않았다.

"울어!"

초조했다. 내 심장이 멎는 것 같았다. 아기의 입에 둥근 실리콘 마스크를 대고 소생 백을 연결하여 수동으로 아기의 폐에 계속 공기를 주입했다.

통상 일본에서는 건강하게 태어난 아기라도 팀을 짠 간호사 두 명과 신생아 전문 의사가 함께 붙어서 생후 처치를 한다.

나는 올리비에에게 도움을 요청했다.

그때 불현듯 이런 생각이 머리를 스쳤다……

'나는 지금, 옳은 일을 하고 있는 것일까?'

신생아 전문 의사도 없고 신생아 전문 설비도 없는 상황에서 이 아이가 일시적으로 소생한다 한들, 대체 누가 치료를 계속한단 말인 가? 게다가 공중폭격이 끊이지 않는 예멘에는 빈곤과 역병이 만연 해 있다. 과연 이 아이를 건강하게 키울 수 있을까?

'무슨 소리 하는 거야! 당연히 옳은 일이지! 예멘의 미래를 짊어 질 소중한 생명이라고!'

아기를 소생시키는 동안에도 나는 이런 서로 다른 생각을 끊임없 이 되풀이했다. 아기는 들릴 듯 말 듯 약하게 울음을 터트렸다.

하지만 그 후에도 몇 시간이나 약한 호흡이 계속되는 바람에 잠 시도 눈을 뗄 수 없었다. 이제 누구나 예상했던 대로 이 아기를 누가 진찰하느냐 하는 문제에 직면했다. 일단 수술실에서는 내가 갓난아 기의 산소와 수액을 관리했는데 갓난아기의 호흡이 언제 멈출지 모 른다고 생각하자 무섭고 긴장되었다.

실은 타이즈에는 모자 지원을 전문으로 하는 국경없는의사회의 다른 팀이 있었다. 다만 이 갓난아기를 그곳까지 실어 보내기에는 가는 길이 너무나도 위험했다.

게다가 그쪽 병원에서도 아기를 받는 것에 난색을 표했다. 산부인 과 의사와 조산사는 있지만 신생아 전문 의사는 없었기 때문이다.

그래도 우리로서는 부디 그쪽에서 받아주기를 바랐다. 우리는 인 원이 턱없이 부족했다. 팀 리더 간에 협의하고 안전관리와 운송차량

수배를 담당하는 로지스티션이 애쓴 덕에 그쪽 병원에서 아기를 받기로 최종 합의했다.

아침이 밝아오자 아기를 구급차에 실어 타이즈로 보냈다. 엄마와 멀리 떨어지는 것은 슬프지만 그것밖에는 방법이 없었다.

갓난아기의 호흡을 관리하는 예멘인 간호사를 한 명 붙이고 친척이라고 하는 젊은 여성을 구급차에 태워 보냈다.

그 후 아기는 어떻게 되었을까?

무사히 살아 있다면 지금쯤 두 번째 생일을 맞을 것이다.

그 아이는 전쟁 중인 예멘에서 무엇을 보고 어떤 걸 배우며 자라게 될까?

그로부터 이틀 후.

병원의 뒤뜰에서 색칠공부 놀이를 하는 사이좋은 이인조를 발견했다. 색칠공부 도안은 프랑스인 마취과 의사 올리비에가 준 선물이었다.

나는 휠체어에 탄 두 소년과 두 소년을 보살피는 스무 살 전후의 한 청년을 뒤에서 잠시 바라보았다. 그는 두 소년 중 한 명의 형인 듯했다. 서로 이웃해서 사는 두 소년은 공중폭격을 받았을 때도 함께 놀았다고 한다.

'아버지는 같은 날 돌아가셨다며……'

'집은 없어져버렸고……'

'수술은 아팠지……'

나는 마음속으로 그 아이들에게 말을 걸었다.

다리를 절단한 한 소년은 아래턱도 다쳐서 아직 입으로 음식을 먹는 게 힘들었다.

인간의 욕심을 휘감은 한 발의 폭탄이 뉴스거리도 되지 않는 곳에서 슬픔을 확산하고 있었다.

이 공중폭격을 멈추기를.

무기 생산을 멈추기를.

누구에게 말하면 전해질까?

어디에다 말하면 알려질까?

몇 번을 말하면 이뤄질까?

맺음말

2017년 11월 3일, 나리타공항을 출발했다.

이라크 모술과 시리아 라카의 두 중요 거점이 탈환되고 IS는 뿔뿔이 흩어지기 시작했다. 잔당의 일파는 시리아 동부의 데이르에조르라고 하는 이라크와의 국경에 가까운 지역으로 도망쳤다.

러시아군, 시리아군, 미군, 시리아민주군…… 잔당을 격퇴하는 각 부대에 IS가 거세게 저항했다. 이때도 피를 흘리는 것은 전쟁에 가담하지 않은 일반 시민들이다. 나는 데이르에조르 시민들이 입을 피해에 대처하기 위해 다시 시리아로 향하게 되었다.

2010년에 국경없는의사회에 소속된 이래, 열여섯 번째 출발이고 시리아 파견은 네 번째였다. 시리아 국내로 들어가는 경로는 점점 더 복잡해졌다.

제삼국에서 한 인물과 만나기로 했으나 그는 약속장소에 나오지 않았다. 보통 일본을 출발하면 활동지에 입국할 때까지 혼자서 이동한다. 하지만 이번에는 새로운 경로를 지나기 때문에, 본부에서 사람을 보내 나와 함께 이동시키려고 했다. 나는 그와 얼굴 사진을 미리 교환했으나 찾지 못해서 일단 나라도 먼저 가야겠다는 생각으로 수배된 국내선에 올라탔다. 도착한 장소에 그가 있었다. 다른 국내선을 타고 날아온 모양이었다.

앞으로 해야 할 행동에 대해 그가 설명해주었다. 그중에는 과거 시리아에서 활동했던 흔적을 모조리 지우라는 지시도 있었다. 나는 컴퓨터와 스마트폰에 들어 있던 동료들의 흔적과 라카에서 찍은 사진과 메일을 지웠다. 페이스북에 올린 글도 비공개로 전환시켰다. 이는 최근 몇 년 사이에 계속 지켜온 출발 전의 습관이다. 만에 하나 내게 무슨 일이 일어났을 때, SNS에 올린 내용이 세간에 공개되는 것을 막기 위해서였다.

2017년에만 예멘, 이라크, 시리아, 이렇게 세 곳의 분쟁지에 들어갔다. 올해는 일본에서 보내려고 했으나 내 뜻대로 되지 않았다.

10월 중순, 태국의 외딴섬에서 휴가를 보내고 있을 때 그 메일이 왔다. 여러 차례 마취과 의사 시몬의 도움을 받으면서 라카의 활동을 마치고 귀국한 것이 바로 2주 전이었다.

태국 여행은 친구의 계획이었다. 줄어든 체중을 되찾으려고 좋아하는 태국 요리를 실컷 먹으면서 푹 쉬려고 했다. 바다에서 수영한 후 마사지를 받고 야자나무에 둘러싸인 레스토랑에서 파인애플 주스를 마시던 참이었다.

다시 시리아로 와달라는 의뢰 메일이 도착했다.

찬란하게 내리쬐는 태양 아래, 스마트폰 화면에 뜬 '시리아'라는 글자가 난생처음 본 글자처럼 낯설게 느껴졌다. 아무런 감정도 느껴지지 않아서 조용히 화면을 닫아버렸다. 친구가 그런 나를 웃으며 바라보았다.

그날 밤, 석양이 보이는 절경의 장소에서 새우와 게 요리를 실컷 즐겼다. 태국은 정말로 음식이 맛있다. 호텔로 돌아와 샤워를 하고 베란다로 나왔다. 열대 바람과 파도 소리를 느끼면서 바다 위에 둥실 떠 있는 평화로운 달을 바라보았다. 시리아인 간호사들이 생각났다. 그 사람들은 여전히 발을 동동거리고 있겠지. 라카가 함락되어도 시민의 비극은 끝나지 않는다.

전쟁이란 뭘까…….

"가기로 결정했어?"

오늘 바다에서 찍은 사진을 편집하던 친구가 어깨 너머로 말했다.

태국에서 돌아오고 나서 이틀 후인 10월 27일.

사이타마 고향집에 가족 전원이 모였다. 아빠의 고희연을 축하하는 자리였다. 아빠와 엄마, 남동생과 그 가족. 내가 초밥을 준비하고 남동생과 두 조카딸이 케이크를 사왔다. 엄마와 올케가 손수 만든 음식을 식탁에 차렸다. 태국 음식도 충분히 즐겼지만 온 가족이 모여 밥을 먹을 때, 진정한 행복을 느끼게 된다. 즐거운 화제가 끊이지 않았다. 아빠를 위해 준비한 선물 증정식으로 분위기가 한창 무르익을 무렵 티타임이 시작됐다. 그래, 말할 거라면 지금이다.

"다음주부터 다시 시리아에 다녀오려고."

웃음소리가 그치고, 찻잔을 든 손이 멈췄다. 시선이 일제히 나에게로 모였다.

'뭐? 진짜야?'

'또 간다고?'

소리 없는 대화가 모두의 머리 위에서 교차되는 것이 보였다.

'누가 무슨 말 좀 해.'

내가 뭔가 둘러댈 말을 하려던 순간이었다.

"그런 말 모릅니다.(일본어로 '그런 말 모릅니다'는 '소잇샤 시리아'로, 시리아를 넣은 말장난을 한 것이다._역주)"

아빠가 입을 뗐다. 몇 초 후 모두 웃음을 터트렸다.

"나왔다, 할아버지의 아재개그."

두 손녀가 할아버지를 놀렸다.

"언제 돌아와?"

"그럼 연말연시에는?"

"크리스마스는?"

"위험하지 않아?"

그 후, 질문공세를 받았으나 아빠의 농담 덕분에 밝은 분위기를 유지할 수 있었다.

모술로 출발하기 전에 차 안에서 아빠와 어색한 시간을 보낸 것이 1년 전이다. 지금은 이렇게 웃어주지만 걱정하는 마음은 변함없으리라.

출발 당일, 엄마가 역까지 배웅해주었다.

"조심해."

엄마는 운전석에서 웃으며 손을 흔들고는 뒤에서 밀려드는 차량 행렬에 못 이겨 곧장 로터리로 사라졌다.

귀국하면 언제나 그렇듯이 고향집의 냉장고는 다시 내가 좋아하는 낫토, 김치, 명란젓으로 가득 채워질 것이다. 이번에 파견을 마치고 귀국하면 이미 추워져서 내 침대는 솜털이불로 바뀌어 있으리라. 남동생은 늘 그렇듯이 "잘 지내?" 하고 때때로 라인으로 안부를 묻겠지.

나를 "언니"라고 부르는 올케는 지금 간호학교 학생으로 열심히 공부하고 있다. 옛날부터 그녀가 간직해왔던 꿈을 이루게 해주고 싶어서 내가 입학하라고 등을 떠밀었다.

요리가 취미인 올케는 내가 귀국할 때마다 맛있는 음식을 만들어준다. 고등학생과 중학생인 두 조카는 동아리활동과 친구와 노는 데 정신이 없어서 예전처럼 나에게 엉겨 붙지 않지만 그거야말로 성장하고 있다는 증거다.

"고마워."

그러고 보니 가족 중 누구에게도 이 말을 한 적이 없었던 것 같다. 다음 임무가 끝났을 때라도 모두가 있는 앞에서 말해볼까? 내가 선택한 일을 지금까지 계속해올 수 있었던 것은 늘 따뜻하게 지켜봐주는 가족이 있기 때문이다. 그들 모두에게 걱정을 끼치고 있다. 응원해주는 가족에게는 역시나 '고맙다'는 말 외에는 생각나는 말이 없다.

마지막으로 평소에 내 행동을 이해해주고 지원을 아끼지 않는 국경없는의사회의 동료들에게 감사하다는 말을 하고 싶다. 특히 당시의 기억을 떠올리는 데 각 현장에서 함께 일했던 동료들에게 큰 도움을 받았다.

또 저널리스트 가와카미 야스노리는 이 원고의 사실 확인에 큰 도움을 주었다. 그리고 편집자 가시와라 고스케의 조력이 없었더라면 이 책은 세상에 나오지 못했을 것이다. 신중하면서도 믿음직한 조언에 매번 절로 고개가 숙여졌다. 진심으로 감사드린다.

2018년 현재, 여전히 수많은 나라에서 분쟁이 벌어지고 있다. 일부 사람들의 욕망으로 인해 오늘도 수많은 시민이 피를 흘리고 있다. 그들의 절규가 이 책을 통해 많은 사람에게 전해지기를 간절히 바란다.

2018년 6월
세 번째 모술 파견을 앞두고

시라카와 유코(白川優子)

1996년	사카도쓰루가시마 의사회립 간호전문학교 졸업
1996~1999년	스키가라샬롬 병원 근무
2000~2003년	이오가와 산부인과, 소아과 근무
2003년 7월	호주로 유학
2005년 12월	호주가톨릭대학 간호과 졸업
2006년~2007년	Darebin Endoscopy Clinic 근무
2007년~2010년	Royal Melbourne Hospital 근무
2010년 4월	귀국 후, 국경없는의사회에 참가 등록
2010년 8월~2011년 4월	스리랑카 / 포인트 페드로
2011년 6월~2012년 1월	파키스탄 / 페샤와르
2012년 6월~2012년 8월	예멘 / 아덴
2012년 9월~2012년 12월	시리아 / 이들리브 주
2013년 6월~2013년 9월	시리아 / 이들리브 주
2014년 2월~2014년 4월	남수단 / 말라칼
2014년 12월	필리핀 / 레이테 섬(태풍 피해)
2015년 4월~2015년 5월	네팔 / 아루갓(Arughat) (지진 피해)
2015년 10월~2015년 12월	예멘 / 사나, 북부
2015년 12월~2016년 4월	팔레스타인 / 가자지구
2016년 5월~2016년 6월	예멘 / 이브 주
2016년 10월~2016년 11월	이라크 / 모술
2016년 11월~2017년 3월	예멘 / 이브 주
2017년 6월~2017년 7월	이라크 / 모술
2017년 7월~2017년 10월	시리아 / 라카 주
2017년 11월~2017년 12월	시리아 / 하사카 주
2018년 6월~	이라크 / 모술

전쟁터로 가는 간호사

초판 1쇄 인쇄 2021년 6월 21일
초판 1쇄 발행 2021년 7월 6일

지은이 · 시라카와 유코
옮긴이 · 전경아

발행인 · 양수빈
펴낸곳 · 끌레마
등록번호 · 제313-2008-31호
주소 · 서울시 종로구 대학로 14길 21 민재빌딩 4층
전화 · 02-3142-2887
팩스 · 02-3142-4006
이메일 · yhtak@clema.co.kr

ISBN 979-11-89497-44-6 (03830)